연극 「토카타」에서 열연하고 있는 손숙 〈사진 : 신시네마 제공〉

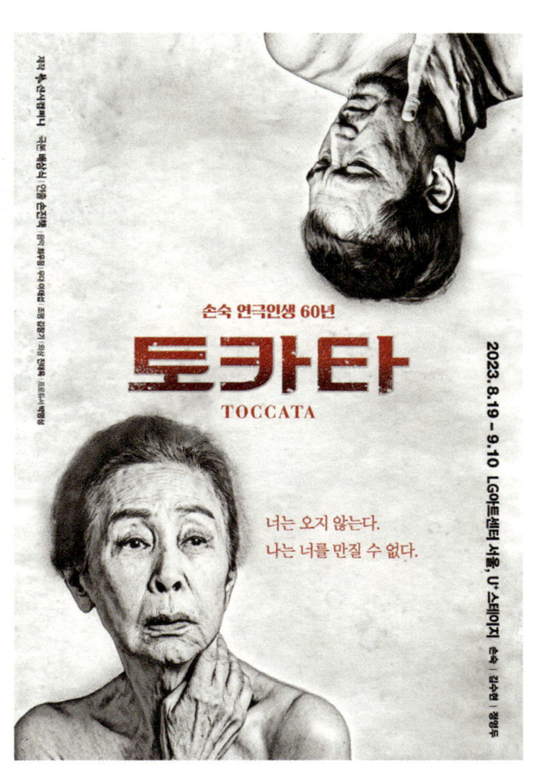

연극 「토카타」 포스터

글을 쓰는 사람에게 첫 책은 조금 특별하다. 물론 매번의 작품과 작품집이 특별하겠지만 처음이라는 말은 애틋하고 그립기까지 하다. 손숙 선생님에게 선생의 첫 공연은 무엇이며 어떠했는지 여쭈었다. 연극은 매번 초연이 있기 때문에 늘 첫 작품이면서 또 늘 마지막 작품이라고 했다. 늘 첫 작품이라고 생각한다니, 그래서 늘 설레고 떨린다니. 나도 손숙 선생님처럼 생각하며

작품집을 출간하리라 다짐했다. 60년 동안 300편의 연극을 공연한 비결이 바로 이것인가 보다. 이렇게 나는 또 커다란 깨달음을 얻었다.

토카타 공연 중 손숙 선생님의 모습이다. 작가는 하고 싶은 한마디, 쓰고 싶은 한 문장을 쓰려고 평생 쓴다고 한다. 배우도 평생 추구하는 한마디, 한 문장이 있을 거라고 넘겨짚었다. 그래서 반복해서 몸으로 연습하는 게 아닐까? 혼신을 기울여 표정으로 말하고 능청스럽게 일으로 외치는 손숙 선생님의 무대 위 모습을 떠올리며 손숙 선생님께 여쭈었다. 손숙 선생님은 내 질문을 듣고 그런 물음을 생각해 본 적 없다고 하셨지만 바로 토카타의 마지막 대사를 읊조리셨다. 나는 걸을 거예요. 나는 걸을 수밖에 없어요. 끝이 어디에 있는지 얼마만큼 왔는지 모르지만 계속 걷는 거예요. 포기하지 않을 거예요. '나는 계속 걸을 거예요.' 이 문장이 바로 배우 손숙이 연극으로 표현하고 싶은 한 문장이었다.

　　손숙 선생님. 연습장에 가는 시간을 위해 나머지 시간은 가능한 한 에너지를 아끼며 살아왔다. 지금도 연습장에 있는 시간이 가장 편안하다고 말하는 대가의 모습을 보며 생각했다. 어쩌면 연극 공연은 연습장을 위한 조연이었고 주연은 연습장이었을지도 모른다.

　　길을 가는데 감나무에 달린 감이 끔벅이며 말을 걸어 올 때가 있다. 서랍을 열었는데 서랍 속에서 건전지가 굴러나오며 투덜거리는 말이 들리는 어느 날이 있었다. 그런 날에 아, 나는 글을 쓰는 사람이구나, 내가 글을 쓰는 사람이 되었구나 깨달았다. 한 가지 일을 오래 고민하다 보면 어떤 지점이 생긴다. 배우 손숙이 '나는 배우구나'라고 느낀 때가 언제인지 궁금했다. 부단히 대본을 보다 보면 인물이 쓰윽 손을 잡아주는 때가 있다고

경북대학교 문학상, 대상 수상 경험을 들려주시는 손숙 선생님. 나도 문학소녀였다며 수줍게 웃으시는 손숙 선생님과 문학에 대해 수다를 떨었다. 선생님을 보며 앞으로도 시마 청소년 작품 코너를 잘 운영해서 문학과 예술을 사랑하는 청소년을 격려하는 데 힘을 기울여야겠다고 생각했다. 대가도 어린 예술인 시절을 거쳐 지금에 이르렀다는 것을 잊지 말아야겠다.

그냥 걸어야 한다고 말하는 손숙 선생님. 선생님의 말을 되새겨 매 작품집이 첫 작품집이라고 생각하고 300 작품집을 향해 계속 뚜벅뚜벅 걸어야겠다.

한다. 대본 속 인물이 배우의 내부로 쏙 들어오는 경우가 있는데 그러면 자신감이 생기고 표정이 달라진다고 했다. 이것이야말로 '시마'가 아니고 무엇이겠냐고 손숙 선생님과 서로 공감하는 행복한 시간이었다.

손숙

고려대학교를 졸업하고 연극배우로 활동을 시작해서 토카타 외 300여 편의 연극 공연을 해왔다. 다수의 영화에 출연했으며 여러 드라마에도 출연했다. 라디오 프로그램 DJ로도 활동했으며 수필집 『사랑아 웃어라』 『다시 일어나겠습니다 어머니!』 등 다수의 저서가 있다. 백상예술대상 연극 부문 여자최우수연기상을 세 차례나 수상하는 등 많은 상을 수상한 바 있다.

#2
수학여행

그러나 윤리 과목을 로봇에게 배울 수 없다는 찬반양론이 대립되었다.

끼익

수학여행도 오늘로 끝이니 집에가서 푹 쉬세요.

코흠

네.
교장 선생님도
수고가 많으
셨습니다.

시마빌라

위잉ㅡ

왕ㅡ

우웅..

웅ㅡ...

위이잉ㅡ

전력 충전, 소요시간 1시간 20분
감성 충전, 소요시간 2시간 5분
업데이트 항목 27개,
업데이트 진행,
소요시간 18분

왕ㅡ

우웅..

후웅..

혹시 당신도 AI 로봇이 아닌가요?
잠잘 때 충전 안내가 나으는지
귀 기울여 들어보세요.

오리 새끼들이 길 건너는 법 / 김미희

보기만 해도 완성되는 문장이 있다

오리 가족이 행길을 건너고 있다
하필이면 러쉬아워(rush hour)인데
아랑곳없이 줄지어 가고 있다

줄 따라 오가던 차들이 일제히 멈추며
같은 문장을 떠올린다

내 안에 있는 나보다 먼저 있었던
대를 이어온
보이지 않아서 더욱 질긴 줄

엄마는 줄 머리에서
아빠는 줄 끝자락을 지키는 완성된 문장으로

가난한 집 사립문에도 높이 금줄(禁繩)로 내걸리고
사람들은 그때부터 마음에 담아온
뒤뚱뒤뚱 헤쳐나갈 금줄(金ㅡ줄)을 꺼내 새김질한다

아, 나의 금줄이 아직 길을 건너고 있구나
애써 참아 온 울음 줄도 가슴에 똬리를 친다

서로가 줄이고 길이 되는 이 줄을 본다

김미희

〈미주문학〉 등단. 시집 『눈물을 수선하다』(2016
세종도서 문학나눔 선정) 『자오선을 지날 때는
몸살을 앓는다』
〈편운문학상〉 〈윤동주서시해외작가상〉
〈성호문학상〉 본상 수상
〈KTN〉 신문에 '김미희 시인의 영혼을 위한 세탁
소'를 연재 중이며, 연극배우로 활동 중

김선하

사진작가, 화가, 칼럼니스트. 개인사진전 2회
〈달라스 한인신문〉에 사진 칼럼 『사람이 있는 풍
경』과 『삶의 파노라마』를 10년째 연재 중, 이민
자의 희로애락을 사진과 글로 담는 휴머니스트

"두엔데"로 승화한 집시의 아픔
플라멩코Flamenco

손뼉을 치고 발을 구르며 플라멩코의 공연을 완성하는 팔메로스

무대의 조명이 서서히 암전 상태에 이르자 공연을 기다리며 조심스레 목을 가다듬는 관객들의 기침 소리가 여기저기에서 들려온다. 곧이어 농밀한 어둠의 고요를 타고 탄식에 가까운 남자 가수의 한 소리가 소극장을 가득 메운다. 심연의 깊이에서 나오는 한마디의 탄식과 느린 박자로 울려 퍼지는 발 구르는(Zapateado, 구두의 뒷굽을 이용해 바닥을 가볍게 차는 행위) 소리는 극장의 적막에 방심했던 관객들의 가슴을 두드리며 서서히 한 줄기 빛으로 내려온다. 제법 연륜이 보이는 남자 무희는 관객들이 소리의 주체에 대해 궁금증을 가질 적당한 시점에 빛을 등진 실루엣으로 서서히 모습을 드러낸다. 외줄기 빛이 무대에 쏟아지고 청각만으로 무대를 감상하던 관객들이 어둠에 묶어 두었던 몸을 푸는 모습들이 곳곳에서 보인다. 공연장엔 여전히 얼굴이 보이지 않는 남성의 음울하고 깊은 탄식의 노래가 울려 퍼진다. 나는 이미 공연의 시작에서 영혼의 소리를 듣게 된다.

그라나다의 봄은 도시의 골목에서 벌어지는 플라멩코 축제로부터 시작된다. 플라멩코 의상을 입은 채 엄마의 손을 잡고 공연장으로 향하는 어린 소녀부터 플라멩코와 함께 한 시간이 제법 됐을 법한 장성한 여성에 이르기까지 나풀거리는 플라멩코의 의상이 고색의 골목길을 화려하게 수놓는다. 공연을 보기 위해 몰려든 관중의 환호와 가설무대의 멀찍한 뒤편에서 호객을 요량으로 거리의 악사가 풀어내는 어깨를 들썩이게 하는 바이올린 소리, 그리고 거대한 비눗방울을 만들어 내며 사람들의 시선을 모으는 상인, 아이들의 관심을 끌 만한 완구와 풍선을 몸에 짊어지고 행인들의 관심을 끌기 위해 안간힘을 쓰는 사람들의 분주한 모습에서 그라나다의 정열을 느낄 수 있다. 무대 위 무희들은 짙은 화장과 원색의 화려함에 눈길을 돌릴 수 없는 드레스 그리고 찰랑거리며 무희의 움직임에 따라 율동하는 프린지 귀걸이로 관객들의 시선을 한 몸에 받고 있다. 사람들은 저마다 봄볕이 반짝이는 공간으로 나와 무희들의 모습을 촬영하고 환호하고 박수를 친다. 플라멩코 무희들의 춤사위와 음악으로 그라나다의 봄이 완성되는 느낌이다.

그라나다의 봄이 플라멩코의 아픈 역사와 함께 시작된다.

그라나다의 작은 광장에서 플라멩코 축제가 벌어졌다

스페인 안달루시아 지방의 전통무용이자 민요인 플라멩코를 이해하기 위해서는 프라멩코의 정신적 기반인 "두엔데Duende"를 이해해야 한다. 한국인의 정서에 "한"이 흐르고 우리의 민요가 한의 정서에 기반을 두듯 "두엔데"는 플라멩코를 살아 숨 쉬게 하는 근본이자 정신이다. 두엔데는 절정의 정신적인 체험을 의미한다. 바닥을 차고 손뼉을 부딪치며 춤추는 무희와 팔메로스(Palmeros, 박수와 추임새, 그리고 탄식으로 노래하는 사람)가 어우러져 격정적인 춤을 추면 어느 순간 접신接神의 경지랄 수 있는 절정에 이르게 되는데 이를 "두엔데"라 설명할 수 있

화려한 의상과 춤으로 관객을 매료시키는 플라멩코

다. 플라멩코는 정열적인 춤사위만으로는 이해할 수 없는 아픈 배경을 가진 문화의 산물이다. 인도의 가난을 피해 15세기 스페인 남부에 정착한 집시Gypsy들은 이방인으로서 그들이 받아야 할 억압과 폭력적인 사회에 대한 저항으로 '플라멩코'라는 그들의 표현 방식을 만들어 냈다. 통상 '집시'로 불린 이들은 '평원의 도망자Ruma-Calk'라 자칭했다. 15세기 말까지 유목으로 삶을 지탱하며, 방랑의 시름을 잊기 위해 노래하고 율동하며 즉흥적인 여흥에 몰두해 삶의 시름을 잊던 집시들의 예술 활동은, 세월이 흐름에 따라 리듬이 가미되고 율동은 진화하고 무어족과 가톨릭의 문화가 융화되며 긴 세월에 거쳐 스페인 안달루시아 지역의 토착문화에서 세계적인 문화유산으로 성장하게 됐다.

플라멩코의 노래 Cante의 주제는 비루한 삶으로부터 인간의 존엄을 지키기 위한 저항정신이나 연인과의 사랑 등을 노래한다. 저항정신을 담은 대표적인 노래는 "큰 말의 자장가 Nana del Caballo Grande"로 억압과 폭력에 맞선 데 라 이슬라(Camarón de la Isla)는 이 노래에서 집시들이 말을 타고 도망치는 장면을 묘사하는데 "검은 말아/ 네가 죽은 기수를 어디로 데려가는 거니?/ 짙은 밤은/ 길을 볼 수 없게 하고/바람이 쌩쌩 분다/ 바람이 쌩쌩 분다."고 노래하며 앞날을 가늠할 수 없는 자신의 처지를 한탄하고 있다.

기타의 선율에 몸을 맡긴 무아지경의 댄서, 두엔데의 순간이다

기타의 선율에 몸을 맡긴 무아지경의 댄서, 두엔데의 순간이다.

한편으로는 사랑을 노래한 솔레아Soleá는 플라멩코의 대표적인 장르로, 연민, 슬픔과 같은 인간사의 정서를 표현하고 있다. 솔레아의 가사는 정해진 형식이 없이 다양한 변화를 추구할 수 있지만 가사에는 "네가 나를 사랑하지 않는다 해도/ 그건 중요하지 않아/ 내게 정말 중요한 건 / 내가 널 사랑한다는 거야"와 같은 가사가 들어간다.

우리의 선조들은 익살스러운 말이나 행동을 섞은 해학을 통해 사회현상에 대한 비판과 저항을 표현했고 이는 민초들이 삶을 지탱하게 해 준 힘이었다. 『춘향전』, 『별주부전』의 소리와 춤처럼 플라멩코 역시 삶이 버겁기만 했던 하층민의 삶을 예술로 승화시킨 문화유산이다. 견뎌내야만 했던 하층민들의 어려운 삶이 해학과 소리로 승화돼 문화예술로 탄생하는 일은 시, 공간의 거리를 떠나 세계 곳곳에서 각광받는 인류의 유산으로 계승도고 있다.

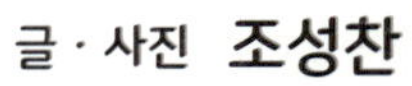

글 · 사진 **조성찬**

관광학 박사
전 가톨릭 관동대학교 관광경영학과 교수

첫사랑이란 무엇인가

가장 강력한 원체험으로서의 첫사랑

프랑스 작가 알퐁스 도데의 단편 「별」(1885)에는 첫사랑을 향한 한 사내의 아련한 서사가 녹아 있다. 산정에서 양을 치는 목동에게 정기적으로 식량을 가져다주는 아주머니가 휴가를 가자, 주인집 아가씨가 직접 와서 목동을 만난다는 설정이 소설의 전반부를 이룬다. 후반부에는 우연한 이유로 집에 가지 못한 그녀와 밤을 지새우며 그녀에게 별 이야기를 건네는 목동의 한없는 설렘과 감동의 순간이 나타나 있다. "저 숱한 별들 중에 가장 가냘프고 가장 빛나는 별 하나가 그만 길을 잃고 내 어깨에 내려앉아 고이 잠들어 있노라고."라는 소설의 마지막 문장이야말로 모든 첫사랑의 순간적 충일감과 현실적 불가능성을 낭만적으로 잘 전해주는 대목일 것이다. 그런가 하면 고재종의 시 「첫사랑」 또한 가까이 가려 하지만 끝내 주위만 맴도는 첫사랑의 낭만적 도취와 좌절의 양상을 잘 담고 있다.

> 흔들리는 나뭇가지에 꽃 한 번 피우려고
> 눈은 얼마나 많은 도전을 멈추지 않았으랴
>
> 싸그락 싸그락 두드려 보았겠지
> 난분분 난분분 춤추었겠지
> 미끄러지고 미끄러지길 수백 번,

바람 한 자락 불면 휙 날아갈 사랑을 위하여
햇솜 같은 마음을 다 퍼부어 준 다음에야
마침내 피워 낸 저 황홀 보아라

봄이면 가지는 그 한 번 덴 자리에
세상에서 가장 아름다운 상처를 터뜨린다

도전과 미끄러짐, 황홀과 상처의 모순적 공존이 말하자면 첫사랑의 원리일 것이다. 이처럼 모든 청춘을 설레게 하고 잠 못 들게 하는 '첫사랑'이란 과연 무엇일까? 누군가 살아가면서 처음으로 어떤 대상에게 느낀 특별한 감정을 말하는 것일까? 그러나 12세기 서양에서 발명된 새로운 개념으로서의 '첫사랑'은 당연히 처음으로 느낀 사랑의 감정을 말하는 것이 아니다. 그것은 비록 누군가를 사랑한 경험 유무와 관계없이, 그동안의 몸과 마음의 상태와는 전혀 다른, 그동안의 모든 것을 완벽하게 뛰어넘는 충격과 흡인력으로 찾아온 그 무엇이라고 할 수 있다. 생애를 송두리째 바꾸어버린 그 순간이 있은 후 다른 충격들의 뇌관으로 장착되면서 가장 강력한 원체험으로 각인되는 것이 말하자면 첫사랑이다.

돌아갈 수 없는, 그래서 훼손되지 않는

그렇게 첫사랑은 가장 커다란 존재론적 울림과 떨림으로 오지만, 우리는 그때 그곳으로 다시 돌아갈 수 없다. 돌아간다 해도 크게 달라질 것은 없겠지만, 첫사랑은 기억 속에서만 존재함으로써 결코 훼손되지 않는 자신만의 특권을 누린다. 괴테는 시 「첫사랑」에서 그 돌아갈 수 없음을 다음과 같이 노래했다.

> 아 누가 그 아름다운 날들을 가져다줄 것인가,
> 저 첫사랑의 날들을.
> 아 누가 그 아름다운 때를 돌려줄 것인가,
> 저 사랑스러운 때를.
> 외롭게 나는 나의 상처를 기르고 있다.

끊임없이 새로워지는 탄식과 함께
사라져간 행복을 그리워하고 있다.
아 누가 그 아름다운 날들을 가져다줄 것인가,
그 사랑스러운 때를.

아름답고 사랑스러운 그때는 누구도 돌려줄 수 없다. 그래서 상처를 기를 뿐이지만 시인은 그리움이라는 영약(靈藥)으로 그때를 상상적으로 탈환하고 있다.

우리가 잘 알듯이, 모든 첫사랑에는 속악한 세상과 구별되는 때 묻지 않은 순수와 무지가 개입한다. 영어로 innocence쯤 될 것이다. 세상에 물들지 않은 순수와 세계의 실상에 대한 무지가 첫사랑의 원천이요, 발생 지점인 셈이다. 거기에 대상을 향한 신비로움이 부가되면 첫사랑은 자기 보호라는 본능을 허물면서 타인으로 흘러들어가려는 헌신과 희생의 형식으로 몸을 바꾼다. 하지만 우리는 첫사랑의 서사가 순간적 충만함을 통해 감격과 황홀을 가져다주지만, 결국에는 사랑의 불가능성으로 귀결되는 경우가 많았음을 기억한다. 온전한 사랑은 상호적 성격을 띠는 것인데, 첫사랑의 서사는 불균형의 '짝사랑'이나 '외사랑'인 경우가 많은 것이다. 대체로 그것은 사랑의 발견과 좌절 그리고 그 이후를 애틋하게 바라보는 시선에 의해 반어적으로 완성될 뿐이다.

항구적 존재증명으로서의 첫사랑

「초원의 빛」은 유명한 첫사랑의 고전 영화다. 부잣집 소년 버드는 여학생들에게 인기가 있지만 그는 정작 디니라는 소녀를 좋아할 뿐이다. 그녀는 가난한 집에서 태어났지만 예쁘고 모범적인 학생이었다. 버드는 디니와 관계를 맺고 싶어 하지만 그녀는 거절한다. 결국 버드는 다른 여학생과 어울리게 되고, 둘 사이는 멀어지고 디니는 신경쇠약 증세를 보이면서 정신병원에 입원한다. 버드는 아버지의 죽음으로 집이 파산하게 되고 다니던 대학도 그만두고 안젤리나와 결혼하여 고향의 목장에서 일하게 된다. 병원에서 나온 그녀는 친구들과 버드의 목장을 찾아간다. 재회한 두 사람은 여전히 서로 사랑

하고 있음을 느끼지만 각자의 길을 간다. 목장을 떠나오는 디니의 머리 위로 윌리엄 워즈워드의 시 「초원의 빛」(Splendor in the grass)이 자막으로 떠오른다. 아름다운 나탈리 우드의 대표작으로 내게도 불멸의 고전으로 남아 있는 영화다.

이처럼 첫사랑의 고전들 가령 「로미오와 줄리엣」, 「소나기」, 「젊은 베르테르의 슬픔」, 「애너벨 리」 등은 모두 이루지 못한 사랑으로 우리 뇌리에 각인되어 있다. 그들의 사랑은 승인되기보다는 운명의 개입으로 인해 좌절 또는 유보되었기 때문에 더욱 강렬한 기억으로 남았다. 그만큼 첫사랑의 서사는 대부분 사랑의 결여 형식에서 태동한다. 이때 우리는 왜 사랑의 결여형이 완성형보다 더 깊은 감동과 리얼리티를 주는가를 심층적으로 질문하게 된다. 그것은 첫사랑의 순간적 충일감과 현실적 불가능성이, 결핍과 불모의 삶을 위안하고 견뎌가게끔 하는 항체를 역설적으로 우리에게 부여해주기 때문일 것이다.

누구나 잘 알듯이, 생명체로서의 항구적 존재증명에 첫사랑보다 더 분명하고 강렬한 것은 없다. 비록 우리 시대가 교환가치를 지배원리로 삼고 있다 하더라도, 우리는 첫사랑 서사가 환기하는 순수 원형에 대한 매혹까지 다른 것으로 대체할 수는 없을 것이다. 다시 강조하지만 첫사랑은 순진과 무구에서 생성되어 타인의 삶을 받아들이는 헌신과 희생의 형식으로 완성되어간다. 비록 돌아갈 수 없는 기억으로만 남는다 하더라도 이는 우리 삶에 주어진 신비로운 배타적 특권일 것이다.

유성호
1964년 경기 여주 출생. 한양대학교 국문과 교수. 지은 책으로 『서정의 건축술』 『단정한 기억』 『문학으로 읽는 조용필』 등이 있음. 〈대산문학상〉 등 수상

행크

— 강태식

그날 행크 스텐스는 일흔세 살이 될 때까지 한 번도 겪어보지 못한 일을 겪어야 했는데, 그것은 쉰 살이 다 된 아들이 낯선 여자와 함께 호텔 정문에서 나오는 모습을 우연히 보게 된 것이었다. 원래 그 길은 행크가 지나다니던 길이 아니었다. 예전에는 뜨내기나 이민자들이 허름한 집을 짓고 살던 빈민가였다가, 좌판에 채소나 생선 같은 것들을 올려놓고 파는 시장이었고, 최근에는 호텔 몇 곳이 들어서면서 모습을 완전히 바꾼 곳이었다. 행크는 그 변화를 처음부터 끝까지 전부 지켜본 토박이었지만 그 길로 다닌 건 손가락으로 꼽을 정도였다. 아만다가 저녁 식탁에서 시골로 이사 가자는 이야기를 진지하게 꺼내놓지 않았다면, 이웃에 이사 온 젊은 부부가 매일 밤 소리를 지르며 싸우지 않았다면, 여기저기 손 봐야 할 정도로 집이 낡지 않았다면, 집을 내놓은 부동산업자의 사무실이 그 길 어딘가에 있지 않았다면 그날도 행크는 거기 갈 일이 없었을 것이다.

처음에 행크는 호텔에서 나오는 아들, 브라이언과 눈이 마주쳤고, 그때 아들이 자기를 알아보았다고 확신했다. 브라이언과 그 옆에 접착제로 붙여놓은 것처럼 찰싹 달라붙어 있는 여자를 본 순간 행크는 그 자리에서 나무 막대기처럼 딱딱하게 굳어버렸다. 명품브랜드 매장과 회원제로 운영되는 술집들이 있는 거리에서 사람들은 길 중간에 뻣뻣하게 서 있는 늙은 남자를 피해 옆으로 돌아갔다. 하지만 행크는 사람들이 그러는 줄도 모른 채 브라이언과 브라이언 곁에 있는 여자를 쳐다보았다. 행크는 너무 빨리 걷거나 너무 느리게 걷지 않으려고 애쓰면서 브라이언이 얼마나 가정에 충실했는지, 매기과 두 아이들에게 얼마나 잘 해주었는지 생각했다. 행크와 아만다는 대부분의 크리스마스를 브라이언의 가족과 같이 보냈는데, 솜과 플라스틱 별과 깜빡거리는 꼬마전구와 손가락만한 지팡이 같은 것들로 크리스마스 트리를 꾸미거나 다 같이 둘러앉은 자리에서 캐롤을 크게 틀어놓고 선물을 풀어보거나 소스를 바르고 오랫동안 오븐에 구운 칠면조 요리를 저녁식탁 위에 내놓을 때도 브라이언과 매기 사이에는 아무런 문제도 없는 것 같았다. 매기는 브라이언의 옷매무새를 바로잡아주거나 손에 닿지 않는 곳에 놓인 소금통을 집어주었고, 브라이언도 매기에게 그렇게 했다. 행크의 눈에 아들 부부는 강바닥에 깔려있는 자갈처럼 작고 단단하며 시간이 지날수록 더욱 결속력이 강해지는 것처럼 보였다.

브라이언과 여자가 갑자기 걸음을 멈추고 길 위에 서서 말을 주고받기 시작했다. 행크도 보석상 앞에서 걸음을 멈추고 진열장 안에 놓여있는 것들을 바라보았다. 반지와 팔찌와 귀걸이와 시계와…… 잠시 후에 브라이언과 여자가 다시 걷기 시작했고, 두 사람은 그 거리에 있는 카페들 중 한 곳으로 들어갔다. 카페 문을 열고 들어간 그들은 두리번거리거나 망설이는 기색 없이 제일 안쪽 자리까지 단숨에 걸어가 그곳에 앉았다. 매장이 넓고 천장이 높으며 햇빛이 잘 드는 프랜차이즈 카페였다. 행크는 출입문 근처에 놓여있는 테이블에 앉아 브라이언

과 여자가 커피를 주문하고 주문한 커피를 가져와 테이블 위에 올려놓고 이야기를 나누며 커피를 마시는 모습을 지켜보았다.

아들과 여자는 주변을 거의 경계하지 않았다. 가끔씩 자기들 테이블 곁으로 사람이 지나다니면 고개를 들기도 했지만 그건 경계하는 것과는 거리가 멀었다. 그들은 그냥 고개를 한번 들었다 내린 후에 다시 이야기를 계속했다. 행크는 주문한 커피를 들고 와 테이블에 앉았다. 행크는 종이컵에 끼운 컵 홀더의 겉면을 손톱 끝으로 천천히 긁었고, 그때마다 작게 득득 소리가 났다. 하지만 행크는 그 소리를 듣지 못하거나 먼 다른 곳에서 나는 소리라고 생각했다. 자기와 전혀 관계없는 곳에서 어떤 문제를 안고 있는 누군가가 내는 소리라고. 그러는 동안에도 그는 아들과 여자에게서 눈을 떼지 않았다.

브라이언은 고급스러운 네이비 셔츠에 편안해 보이는 면바지를 입고 있었다. 브라이언은 실제로도 남부러울 것 없는 생활을 하고 있지만 셔츠의 단추를 두 개 푼 채 웃고 있는 모습은 더 많은 성공과 풍요를 보장받은 중년의 남성처럼 보였다. 여자는 화려한 분위기를 풍겼는데, 젊고 예뻤지만 행크의 눈에 그런 것들이 모두 사라지고 나면 여자의 손에는 아무것도 남아있지 않을 것 같았다. 행크는 쉴 새 없이 다리를 떨고 있는 여자를 바라보며 아들이 겪게 될 곤경과 비난의 말과 실망어린 눈빛들을 생각했다. 이전과 전혀 다르게 흘러갈 아들의 삶도. 아들과

여자는 가끔씩 서로의 손을 만지거나 머리를 쓰다듬었고, 행크는 쟁반을 들고 자리에서 일어났다.

행크가 쟁반 위의 것을 정리하는 동안에도 아들은 여자의 얼굴에 가만히 손바닥을 대고 있었다. 행크는 거의 그대로인 커피를 음료 버리는 곳에 쏟아붓고, 쟁반들이 겹겹이 쌓여있는 곳에 자기가 사용한 쟁반을 올려놓았다. 행크는 테이블에 앉아 컵홀더의 겉면을 긁는 동안 한 가지 생각을 반복적으로 했고, 그 생각이 옳지 못하다는 것을 인정한 후에도 그 생각에서 완전히 놓여나지 못했다. 그는 아들이 있는 곳으로 천천히 걸어가는 모습을 강박적으로 떠올렸다. 주먹으로 아들의 얼굴을 후려치고, 아들의 잘못된 처신을 엄한 목소리로 꾸짖고, 아들을 앞장세운 채 카페에서 나가고, 그 전에 여자에게 가만히 앉아있으라고 소리 지르고……. 그런 장면들이 행크를 쥐고 놓아주지 않았다. 하다못해 아들이 고개를 들 때까지 아들 곁에 서 있을까도 생각해보았다. 너무 놀라서 잘못된 행실을 깨달을 때까지, 자기가 가진 것들이 얼마나 소중한지 돌아볼 때까지 그저 아들 곁에 가만히 서 있기만 해도 되었다. 하지만 행크는 아무 짓도 하지 않았다. 그는 자기가 사용한 것들을 모두 정리한 뒤에 카페 문 쪽으로 걸어갔다. 혼자서 느긋하게 앉아 커피를 마신 뒤에 집으로 돌아가는 노인처럼. 카페 문에는 당기시오, 라는 아크릴 도어 사인이 붙어있었고, 행크보다 앞서 걷던 남자가 행크가 지나가도록 카페 문을 잡아주었다. 행크는 유리벽 너머로 카페 안을 들여다보았다. 브라이언은 여전히 여자의 얼굴에 손바닥을 대고 있었다. 행크는 카페 밖에 서서 아들의 모습을 한동안 더 바라보다가 그 자리를 떠났다. 자신의 일부가 그곳에 남아 계속 아들을 지켜보리라는 것을 알았지만 그는 그렇게 했다.

강태식

2012년 『굿바이 동물원』으로 〈한겨레문학상〉 수상하며 작품 활동을 시작

2018년 『리의 별』로 〈황산벌 청년문학상〉 수상 장편소설 『두 얼굴의 사나이』 소설집 『영원히 빌리의 것』

무명천 할머니

*무명천 할머니는 4·3사건 당시 피해자인 진아영 할머니를 모티브 삼아 작가가 상상한 이야기입니다.

무명천 할머니

우리 삼촌*은 해녀예요. 문어도 잡고 전복도 잡고 미역도 땄어요. 얼굴이 예쁘고 물질*도 잘해서 총각들에게 인기가 많았어요. 어릴 적에 삼촌네 집에 놀러 가면 마을 총각 아저씨가 내게 과자도 주고 사탕도 주었어요. 그때 나는 내가 예뻐서 과자랑 사탕을 많이 받았다고 생각했어요. 아마도 우리 삼촌에게 관심이 있었던 모양이에요. 그 난리만 아니었다면…….

우리 삼촌은 오래전 난리 때 턱에 총을 맞았어요. 해방되어서 다들 들떠 있던 때였는데, 왜 그런 일이 생겼을까요? 우리 삼촌은 턱도 없고 이빨도 없어요.

*삼촌: 제주도에서는 외가든 친가든 상관없이, 남자건 여자건 구별 없이 아버지 어머니와 같은 항렬의 친척 혹은 이웃 어른을 삼촌이라고 불러요.

*물질: 해녀들이 바닷속에 들어가서 해산물을 따는 일.

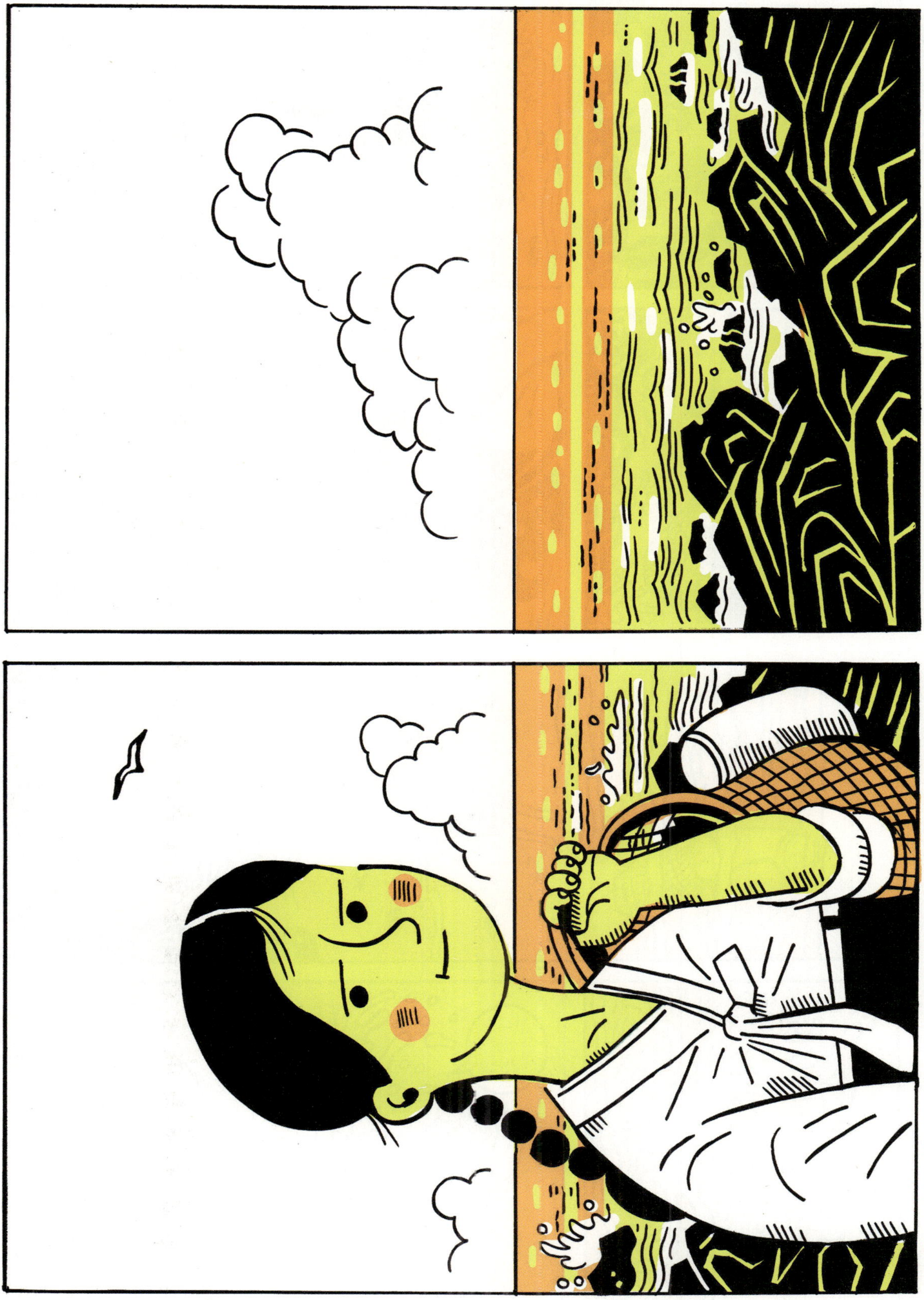

이마트 가자~

흐음

한짝 손에 태왁 심고~
한짝 손엔 빗창 심어~

이여도 사나~ 이여도 사나~ 이여도 사나~이여도 사나~
요 넬 젓엉~ 어딜 가리~ 진도 바당~ 한 글로 가세~

휘잉~

순덕이 삼촌, 문어 맛있다. 쩝쩝!
내가 내일 또 잡아 줄게. 헤헤.

얘들아~!
순덕 삼촌!
오빠!

이어도 사나~!
룰루~!

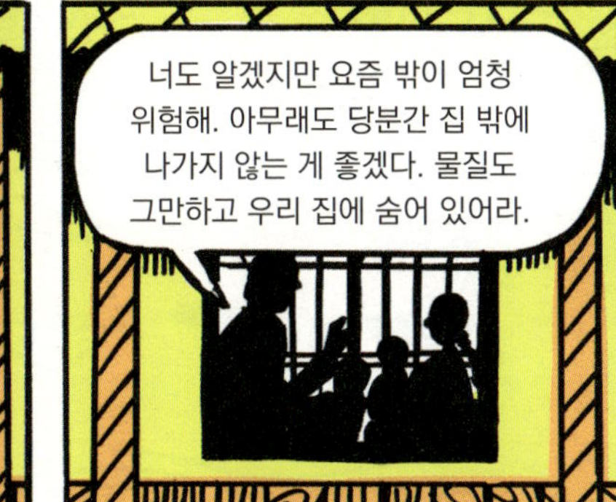

너도 알겠지만 요즘 밖이 엄청 위험해. 아무래도 당분간 집 밖에 나가지 않는 게 좋겠다. 물질도 그만하고 우리 집에 숨어 있어라.

순덕아!
네, 오빠!

내가 뭘 잡았는지 알면 깜짝 놀랄 걸!

삼촌! 많이 잡았어요?
헤헤~!

여자든 남자든 밖에 돌아다니면 봉변 당하는 세상이야!

에이~, 괜찮아요!

와-정말 크다!
헤헤~!
순덕이가 오늘 고생했구나! 하하!

짜잔!
와~ 문어다. 문어!

그리고 그놈의 서청들에게 걸리면 큰일난다.

당분간은 밭에서 감자 캐는 거나 도와주렴.

예, 알겠어요. 오빠!

삼촌, 삼촌! 노래 불러줘요.
노래?

이어도 사나~ 이어도 사나~!

어? 바다가 왜 이렇게 검게 변했지?

물고기, 조개들도 다 죽었고…

탕 탕 탕

헉!

거기 서!
아이고~!
탕 탕 탕

순덕아! 어서 일어나라!
군인들이 왔다.
사람들을 마구 잡아간다!
어서 피해!

헉헉헉-!
퍽
퍽

타
탕

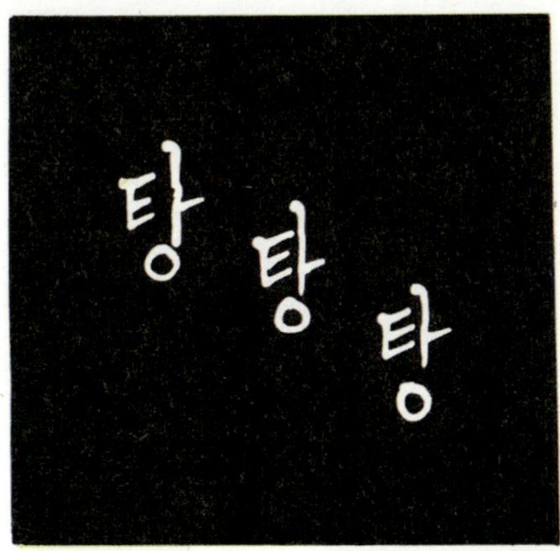
어! 저기 도망간다!

탕
탕
탕

!

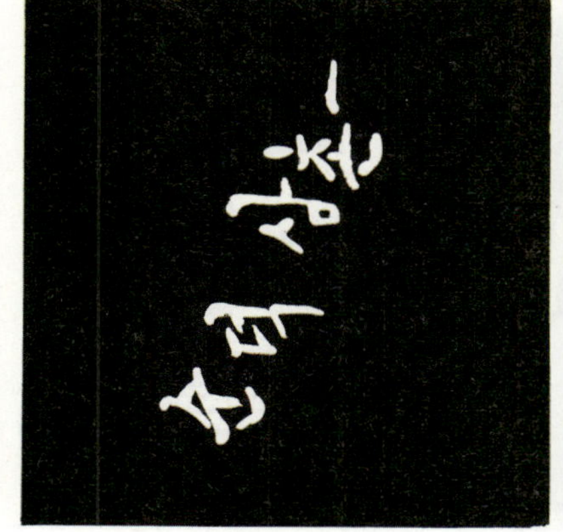

순덕 상춘~

아직 주무세요?
순덕 상춘!
상춘!
상춘!

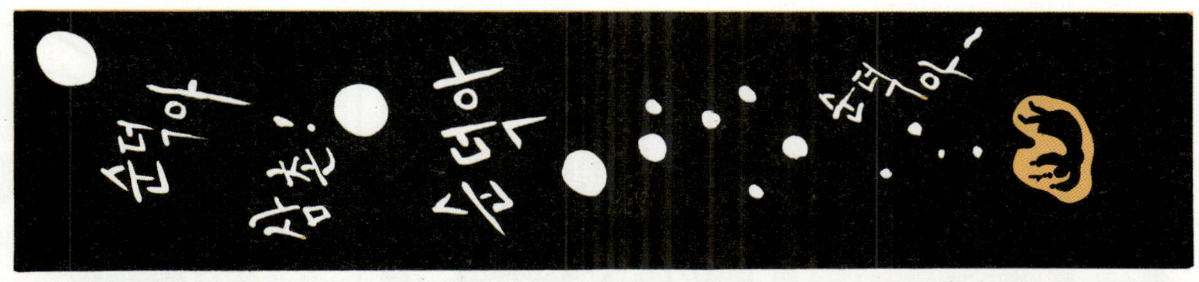

순덕아
상춘
순덕아~
순덕아...

순덕아
상
춘!

상춘아

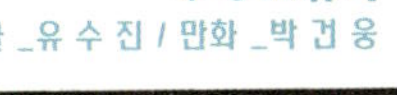

끙-!

순덕 삼촌! 아직 식사 안 하셨죠?

삼촌은 남 앞에서 음식 먹는 모습을
보여주지 않아요.

사람들 앞에서 음식 흘리는 모습을
보여주기 싫어서예요.

제가 죽을 좀 쑤어 왔어요.

고마워~!
네… 삼촌.

삼촌! 오늘 시장에
장사하러 나가세요?
끄덕 끄덕-

철컥-

해방 이후 섬 전체에 난리가 났을 때
순덕 삼촌을 폭도로 생각한 군인이 삼촌에게
총을 쐈어요. 그때 삼촌은 턱을 잃었어요.

집을 나설 때면 문이란 문은 다 걸어 잠갔어요.

누가 집에 침입할지 모른다는
불안에 시달렸어요.

삼촌은 말이 통하지 않아 늘 답답해했어요.

글을 배우지 못해서 글을 읽을 수 없었어요.

글을 쓸 수도 없었어요.

틈이 없으니 말을 할 수 없었지요.

손짓으로만 말하다 보니

오해도 많이 샀어요.

그래서 이웃들과 다툼이 자주 생겼지요.

그럴 때마다 삼촌은 어쩔 줄 몰라 했어요.

칼로 새긴 시 박해람

두 번 접은 비밀과 일곱 번 접은 비밀

두 번 접은 비밀과
일곱 번 접은 비밀을
한 가지 말투로 이야기했다.

비밀의 용적률은 어느 정도일까. 비밀의 종류들은 또 얼마나 될까. 비밀에는 숨어 있는 사람이 있고 숨겨놓은 사람이 있다. 문고리를 꼭 잡고 열어주지 말라고 부탁해놓지만, 가끔 비밀들은 스스로 문고리를 놓는 일이 있다. 그런 측면에서 비밀들은 타인으로 분류하는 것이 맞다. 한때 과학자들이란 세상의 비밀들을 밝혀내는 사람들이라는 생각을 했었다. 그건, 모두 사실로 밝혀졌지만, 비밀이란 결국 넓은 것을 작게 혹은 좁게 접어놓는 일이다. 아무래도 사람은 넓게 펴는 일보단 좁게 접는 일에 더 소질이 있지 싶다.

거짓말은 참 예쁜 말이라서 입꼬리가 살짝 올라가 있고 교묘하게 엿보는 그림자가 있다. 또 본래의 말보다 몇 배가 넘는 프레임으로 움직인다. 세상엔 고백이라는 장르가 있고 털어놓은 방식의 진술이 있다. 이런 것들은 명백하게 비밀이 여러 형태의 세트로 이루어져 있다는 증거이기도 하다.

그렇지만, 비밀은 제목 같은 것은 없다.

예전엔 죽은 사람들을 따라 사라진 비밀을 찾아다니는 직업에 대해 생각한 적이 있다. 그때 나는 두 번 접은 비밀의 주인이었다. 겨우, 두 번 접은 비밀의 주인으로는 어느 나무로부터 여름이 시작되는지와 저 산골짜기 어느 돌멩이로부터 봄비가 싹트고 나오는지 알고 있는 정도라서 늙은 바람이 숨어 있는 꽃잎이나 다람쥐가 숨겨두었다는 잘생긴 구름 같은 것에 대해서는 또 모를 때였다.

그때쯤으로 기억되는 일이 또 있다. 버드나무들의 비밀통로로 사용된다는 우물에 관해 묻고 다닐 때였는데, 모든 정오(正午)가 가벼운 두통에서 시작된다는 것을 얼핏 들은 것도 같았다. 아스피린을 처음 먹었던 때도 그쯤으로 기억한다. 셰이머스 히니(Seamus Heaney)씨가 말한 버드나무 가지를 들고 우물터를 찾는 수택탐지자를 만나 오로지 높은 곳으로 역류하는 물줄기에 대해 듣고 싶었던 시절이기도 했다.

극작가들의 몽상이란 다 비밀의 대화법에서 시작되었을 것이다. 비밀이 없는 사람들은 예의를 모를 것이고 상대방의 기분 따위를 살피는 일엔 또 소홀할 것이므로, 자잘한 비밀을 많이 보유하려면 그만큼의 괄호가 필요할 것이라는 개인적 생각이다. 두 개의 물음표를 이어폰처럼 끼고 무표정과 무반응으로 일관할 수 있다면 비밀을 취급하는 기술자들의 자격증을 무난하게 취득할 수 있을 것이다. 왜 모든 잉크의 색이 암흑 같은 불투명이고 대부분의 필기구가 검은색 글씨들을 쏟아내는지, 흘리는지 모르겠지만 어쨌든 검은색 눈동자와 같은 색으로 이루어져 있다는 것을 말하고 싶은 것이다.

비밀을 들키지 않으려면 잘생긴 거짓말들과 친교 할 수 있어야 한다. 신발 끈 없는 발자국 소리를 내며 삐걱거리는 계단을 올라가든 내려가든 그곳에는 비밀을 접는 방식을 교습하는 무허가 교습소가 있다.

투 보른 것은
비밀과
일 숯 보른 것은
비밀을
한가지
밀 루고
이야기 했다

2월
가을

"폐어(廢語)로 적힌 날짜를 들고
전생의 얼굴로 모여들었다.

일몰 중독자들과 기시감 수집가들이 악수를 나누고
흐린 가로등 밑과 원형의 고백 무대들이 서로 외면했다.

그중 절취선 중독자들이 가장 점잖다."

(졸시 - 「전생을 모함하는 모임에 갔었다」 일부)

박해람

1998년 월간 〈문학사상〉으로 등단
시집 「낡은 침대의 배후가 되어가는 사내」 「백 리를 기다리는 말」
「여름밤 위원회」

카리브 제도의 지지 않는 태양, 에메 세제르 Aimé Césaire

카리브 제도의 에메랄드빛 바다와 열대 우림 속에서 자라는 야자수, 코코넛 나무를 바라보면서 에메 세제르를 떠올리는 사람이 있을까? 눈부시게 빛나는 백사장으로 노예선에서 무력하게 걸어내려오는 흑인 노예의 역사를 간직한 앤틸리스(Les Antilles[1], 불어로 레정티유) 의 시인이자, 정치인으로 노예의 후손과 이민자를 대변했던 에메 세제르, 그의 문학 작품은 백사장에 첫 발을 내딛던 흑인 노예의 뜨거운 첫걸음을 잊지 않고 있다.

노예선에서 영양실조와 구토로 쇠약해지고, 백인의 대농장에서의 고된 노동, 채찍질 그리고 탈주, 눈앞의 바다를 바라보며 절벽으로 몸을 내던지는 죽음으로 이어지는 풍경을 기억하고 있는 열대의 섬 레정티유, 열대 우림과 푸른 파도는 수없이 그들의 흔적을 지우며 내달렸더라도 세제르의 시는 그들은 넋을 위로하듯 항상 그들 곁에 있었다.

에메 세제르의 분노와 투쟁의 기반에는 그가 태어나고 자란 레정티유, 그곳 사람의 현실을 드러내고 그들의 고통을 그려냈던 작가의 삶과 그들의 실질적인 정치적, 사회적 지도자로서의 수십 년의 삶이 존재한다. 카리브 제도의 낙원 같은 기후, 풍광의 아름다움 뒤에 자리잡고 있는 고통의 역사를 들여다본다면, 다니엘 게항의 말처럼 "레정티유, 다양한 모습으로 웅크리고 있다.", "Les Antilles, à des degrés divers: elles croupissent", "여러 모습을 띤 배고픔, 비참함, 억압의 막다른 곳", "Les Antilles, cul-de sac innommable de la faim…, de la misère et de l'opression"라는 말이 쉽게 공감이 간다.

그가 태어난 곳은, 세제르의 말을 인용하자면, "아주 혹독하게 비좁은 집으로, 월말마다 혼이 빠질 정도로 경제적으로 어려움을 겪었으며, 썩은 나무의 창자처럼 겨

에메 세제르Aimé Césaire

우 유지되는 곳이었다. 그곳에서 수십 마리의 쥐와 내 여섯 형제와 자매가 살았다." 고 한다.

그는 1913년 마르티니크의 플랜테이션에서 태어났다. 열림우림이 우거진 곳이었다. 그의 아버지 페르낭 세제르Fernand Césaire는 바스 포앙트Basse-Pointe의 대농장 관리자였으며, 시험을 거쳐 세무공무원으로 임명되었고 그의 어머니 엘레오노르 에르민Eléonore Hermine은 재봉사였다. 그의 할아버지는 성-클루Saint-Cloud의 고등 사범학교École Normale Supérieure에서 교과 과정을 이수한 최초의 마르티니크 흑인 문학 교사였다. 할머니 니니Nini는 같은 세대의 여성들과는 달리 읽고 쓰는 법을 알고 있었고, 어린 손자들에게 글을 가르쳤다

1919년부터 1924년까지 에메 세제르는 그의 아버지가 세무 공무원이었던 바스-포앙트Basse-Pointe의 초등학교에 다녔고, 그 후 폭-드-프랑스Fort-de-France에 있는 명문고등학교 빅토르 쉴셰르Victor-Schœlcher 고등학교에서 장학금을 받았다. 1931년 9월, 그는 열일곱살이 되던 해에 파리로 떠나왔다. 루이-르-그랑Louis-le-Grand 고등학교에 다니기 위해서였다. 루이-르-그랑에서 레오폴 셍고르Léopold Sédar Senghor를 만났다. 셍고르는 당시

---

1) 흔히 카리브제도, 서인도 제도라도 불리는 곳, 프랑스령으로는 큰 두 개의 섬이 위치해 있다. 마르티니크와 과들루프, 그 외의 작은 섬들로 이뤄짐, 카리브 제도는 서구 열강의 식민 지배의 흔적을 간직한 열대 섬 군도이다.

프랑스 식민지였던 세네갈 출신이었다. 2001년 셍고르가 사망할 때까지 두 사람은 깊은 우정을 나누었다. 세제르는 귀안 친구 레옹 곤트랑 다마Léon Gontran Damas과 함께 점차 자신들의 정체성의 억압된 부분, 즉 마르티니크와 귀안의 식민지 사회를 특징짓는, 문화적 소외의 근원인 아프리카의 문화유산의 의미를 깨닫게 된다.

그의 모든 작품은 서인도 제도의 흑인으로서의 정체성을 드러내고 있다. 시집으로는 1939년 『귀향수첩』(Cahier d'un retour au pays natal)이 있으며 초현실주의를 바탕으로 쓰여진 『놀라운 무기』(Les armes miraculeuses, 1946)에서도 일관된 주제의식을 보여주고 있다. 『목 잘린 태양』(Soleil cou coupé, 1947), 『잃어버린 몸』(Corps perdu, 1950), 『나, 미역』(Moi, laminaire, 1982),에서도 날카로운 서정을 펼쳐보였다. 『수갑채우기』(Ferrements, 1960)에서 아프리카 어머니에 대한 향수와 카리브해에 대한 애착을 표현하기도 한다. 희곡으로는 『그리고 개들은 침묵한다』(Et les chiens se taisent, 1958), 『크리스토프 왕의 비극』(La tragédie du roi Christophe, 1960), 『콩고에서 한 계절』(Une saison au Congo, 1966), 『폭풍우』(Une tempête, 1969) 등의 작품이 있으며, 이 작품은 세익스피어의 『폭풍우』를 모티브 삼아 인종 문제들 다루었다. 에세이로는 『식민주의에 대한 담론』(Discours sur le colonialisme, 1960), 『네그리튀드에 대한 담론』(Discours sur la négritude, 1987) 등이 있다. 그 외의 다수의 작품을 출판하였다.

1934년 9월, 세제르는 다른 카리브해 및 아프리카 학생들과 귀안의 레옹 다마스Léon Gontran Damas, 과들루프의 기 티홀리앙Guy Tirolien, 세네갈의 레오폴 셍고르 Léopold Sédar Senghor 그리고 비라고 디옵Birago Diop과 함께 잡지 『흑인 학생』 L'Étudiant noir를 창간했다. "네그리튀드négritude"라는 용어가 처음으로 등장한 것은 이 잡지에서였다. 프랑스 식민 체제의 문화적 억압에 대한 반동으로 에메 세세르가 창안한 이 개념은 한편으로는 프랑스의 문화 동화 정책을 거부하고 식민주의 이데올로기에서 비롯된 인종주의로 인해 평가절하된 아프리카 문명의 가치를 드높이는 것을 목표로 했다. 당시 프랑스 식민 이데올로기에 맞서 만들어진 네그리튀드 개념

에메 세제르Aimé Césaire의 『귀향수첩』
(그린비 · 2011.07.10)

은 정치적이라기보다는 문화적이다. 그것은 세계에 대한 당파적이그 인종적인 시각을 넘어서 지구상의 모든 억압받는 사람들을 겨냥한 적극적이고 구체적인 인본주의에 기초한 것이다. 세제르는 실제로 "나는 억압받는 사람들의 종족'이라고 선언한다. 1939년 25세의 나이에 교사가 되기 위해 마르티니크로 돌아왔을 때 그는 귀향수첩 『Cahier d'un retour au pays natal』을 출간한다. 흑인 특유의 고유성과 정체성을 담은 이 시집은 식민지인의 내면 여행을 담고 있다. 식민의 고통스러운 상황과 백인 문화에 동화되는 현실에 혐오감을 느낀 그는 흑인 존엄성의 복권에 대한 열망을 담아 노예의 후손으로서의 정체성을 선언한다. 노예의 후손이라는 정체성을 선언한다. 1930년대 말 마르티니크는 심각한 문화적 소외를 겪는 지역이었다.

카리브 제도의 역사를 간단하게 살펴보면. 1848년에 노예제도 페지가 되었지만 마르티니크의 사정은 달라지지 않았다. 노예는 자유를 얻었고, 그들은 대농장과 간이 작업장을 떠났지만 그들에게 남겨진 것 또한 없었다. 그들은 어디에서 살 것이며, 무엇으로 먹고 살아야 하는가를 걱정해야 했다. 일도 없고, 집도 없고 아무것도 없는

상황에서 그들은 옛날 대농장주를 찾아가 농장주가 제시하는 말도 안 되는 금액의 돈을 받고 일을 해야 했다. 노예제도의 폐지는 노예의 신분을 하급 노동자의 신분으로 바꾸었을 뿐이다.

게다가 프랑스 식민정책으로 마르티니크는 구조적으로 경제가 기형적으로 발전하게 되었다. 식민지 협정 상 이곳은 프랑스하고만 무역이 가능했다. 그러니 여러 생활용품의 가격이 운송비의 영향으로 매우 비쌌다. 이 섬을 봉쇄한다면 섬사람들은 기아로 죽을 수밖에 없었다. 즉, 고기, 우유, 야채, 기름 등 기본적인 생필품의 공급이 차단되는 셈이다. 더욱이 여느 저개발 국가와 마찬가지로 식민지 개척자들에게 보다 수익성 있는 지역 시장을 유지하기 위해 산업화 속도가 매우 더뎠다. 식량자원이 부족하고 가축을 기를 수가 없었으며, 오로지 사탕수수 재배만 가능했던 대농장 형태의 경제시스템이 걸림돌이었다. 이러한 가운데 근로자 1인당 평균 일 년 소득이 50프랑이 넘지 않았다. 일자리 또한 매우 적어 취업만 된다면 행복하다고 할 수준이었다. 사회적 재앙의 도래였다 즉, 실업률이 올라가고 인구가 급증하면서 많은 사람들이 기아에 허덕이고, 어떠한 사회적인 보호도 받지 못했다.

세제르와 네그리튀드négritude

사순절이 시작되자 가학적인 농장주의 사탕수수밭에 불을 지른, 복종하는 척했던 흑인을 기억하는 사람이 있을까? 1792년 여행자 쥐스땅 지로Justin Girod de Chantrans가 제시한 다음과 같은 끔찍한 예에서 알 수 있듯이 흑인은 결코 자신의 존엄성을 포기하지 않았다. "몇 년 전 성 도미니크Saint-Dominique 출신의 젊은 백인 크레올이 흑인 중 한 명을 사냥개로 삼았다. 그 흑인은 너무나 굴욕을 느끼고 절망에 빠져 목을 매었습니다."

흑인의 존엄성의 복권과 아프리카 문명의 재평가를 근간으로 하는 세제르의 네그리튀드 개념은 흑인의 주체성을 확보하는데, 아프리카 문명을 세계적으로 이해시키는 공헌하였다. 그에 따르면 흑인종은 선택받은 종족이 아니며, 논쟁의 여지가 없는 특권을 자주 갖고 있다면

에메 세제르Aimé Césaire의 『식민주의에 대한 담론』
(그린비 · 2011년 07월 10일)

노예 매매와 노예무역 속에서도 몇 세기 동안 살아남은 것이라고 한다. 아프리카를 노예화하고, 흑인들을 굴욕을 당해도 되는 존재, 불쾌감을 주는 존재로, 더 심각하게는 일하는 기계로 인식하는 서구의 시선에 응전하는 개념인 셈이다. 아프리카 문명을 그저 원시적이고 야만적이라는 수식어 속에 오랫동안 묶어 두었고, 흑인을 게으르고 거짓말을 일삼고, 비굴하고 비천한 존재로 인식하는 서구인들의 인식론적 문제점을 고발하였다.

물질적 억압에서 비롯된 것보다 더 깊은 차원에서 이뤄지는 지속적인 소외에 대해 세제르는 강력하게 비판한다. 그의 비판의 대상은 흑인 지식인들의 백인 문화에 대한 동경과 서구문화에 동화되는 현실이었다. 이들은 마치 이등 시민처럼 행동하면서 자신의 모습을 자랑스럽게 여기지 못하는 사람들, 미리 백기를 흔드는 사람들, 그리고 허위에 가득 차 자랑스러운(?) 변신을 꾀하는 사람이며, 유럽을 향해 이렇게 말하는 사람들이다. "내 검은 피부에 신경 쓰지 마세요. 내 피부는 좀 태양에 그을린 것뿐입니다." 네그리튀드는 세제르가 스스로를 경계하려는 성찰이며 자성의 외침일 수도 있다. 이 글은 1935

년 에메 세제르가 22살 때 『흑인 학생』(L'Etudiant noir)에 쓴 글이다.

"어느 날 그 흑인은 백인의 넥타이를 구하게 되었고 중산모를 손에 넣게 되었다. 그리고 넥타이와 모자를 차려입고 웃으며 길을 떠났다. 그저 게임일 뿐인데 흑인은 그 게임에 빠져들었다. 그는 넥타이와 중산모에 너무 잘 익숙해져서 결국 자신이 그것을 늘 입은 것 같다는 생각을 하게 되었다. 그는 넥타이와 중산모를 착용하지 않는 사람들을 조롱했다. 아버지의 이름은 "덤불의 정신"이었는데 그런 아버지를 부인했다[...] 그는 백인 학교에 다녔다. 그는 "다른" 사람이 되고 싶어 했다. 그는 백인 문화에 "동화" 되기를 원했다."

프란츠 파농(1925) 또한 마르티니크의 폭- 드- 프랑스 Port- de- France에서 태어난 정신분석가이자 작가이다. 그는 후기식민주의postcolonialisme 이론에 관한 중요 저서인 『검은 피부 하얀 가면』(Peau noire masques blancs)를 썼다. 그는 흑인들의 병리적이며 자기 학대적인 행동을 낳게 하는 심리를 분석했다. 흑인들이 스스로를 "더러운 깜둥이"로 여기고, 백인들의 편견과 차별을 받아 마땅한 존재로 생각하며, 이를 자연스럽게 받아들이는 사회의 모습을 해부했다.

사회적 차원에서 그러한 태도의 반향은 백인들의 차별, 백인의 금권정치에 반대하는 흑인 대중의 봉기와 혁명을 자동으로 차단했다. 왜냐하면 대중의 무기력함을 일깨워주고 혁명을 조직해야 할 지식인들이 대중을 소외시키고 대중들과 자신을 철저하게 분리시키려 했기 때문이다. 흑인 엘리트들은 무엇보다도 프랑스에서 건너온 서적들을 탐독했다. 문학적 측면에서 볼 때, 그 시대 마르티니크의 작품은 매우 희귀한데, 대부분 프랑스인들이 카리브 제도를 묘사하면 보여주는 상투적인 이국주의, 두두이즘doudouisme 를 드러냈다. 이 두두이즘은 마르티니크 사람, 카리브 제도를 드러내는 진부적인 경향에 불과했다. 그럼에도 흑인 지식인들은 백인과 똑같은

풍으로 글을 쓰는 것을 이상으로 삼았다. 귀안의 지식인으로 세제르와 같이 네그리튀드 개념을 발전시킨 레옹 다가스는 그들이 생산하는 문학은 그저 "백인의 데칼코마니 문학"이라고 비판했다.

세제르는 『귀향 수첩』에서 흑인 지식인들의 이러한 태도를 비판하였다.

"그리고 검은 고등어, 검은 원주민 부대, 그리고 고든 얼룩말이 마구잡이로 몸을 흔들어 검은 줄무늬를 털어버려고 신선한 우유빛 장미가 되려 한다. 그리고 이 모든 것의 한가운데서 나는 harrah라고 외칩니다! 나의 할아버지가 돌아가셨어요. 만세! 낡은 네그리튀드가 점점 시체처럼 변해가고 있어요…"

세제르는 벡텐 쥐미네Bertène Juminer 소설 『잡종들』(Les bâtards)의 서문에 이렇게 남겼다. "아마도 대식민지 집단 학살이나 대규모 강탈보다 더 잔혹한 일이 있다. 그것은 느리지만 확실하게 한 민족을 쇠약하게 만드는 평범한 악의 실현이 될 것이다. 그것이 서인도 제도의 운명, "비열한 악마, Démon mesquin"의 모습이다." 서인도 제도의 희생자의 존엄성을 부정하고 이들의 거듭된 불운은 그곳의 삶을 정체시킨다.

"이른 아침이었고, 극단적이고 믿을 수 없을 정도로 심각한 바다의 상처, 그것을 증언하지 않는 순교자들; 영리한 앵무새의 울음소리처럼 쓸데없는 바람에 흩어졌다가 사라지는 피의 꽃, 가식처럼 미소를 짓는 늙은 생명, 말라빠진 고뇌로 벌려진 입술, 태양 아래서 소리 없이 썩어가는 오래된 비참함; 따뜻한 농포로 터지는 오랜 침묵, 이런 존재에 대한 우리의 조롱어린 웃음에 담긴 지독한 공허[2]" 이것이 바로 세자르가 느끼는 카리브 제도의 고통 어린 역사이다.

---

2) 에메 세제르 시전집, 귀향 수첩, 쇠이유 출판사, 2006, p 9-10.

두 개의 길, 정치인과 시인 –정치 주체성, 문화 정체성

1939년 대학 학위를 받자마자 그는 조국 마르티니크로 돌아왔다. 그 해 그는 『귀향 수첩』을 출간한다. 1945년 그는 아이티 컨퍼런스에서 돌아온 후 폭- 드- 프랑스 시장 선거에 출마하고 당선된다. 그의 나이 32세였다. 곧이어 그는 마르티니크 국회의원이 된다. 그 당시 셍고르 또한 세네갈 국회의원이었다. 1946년 그는 프랑스 국회의사당에서 프랑스의 해외영토를 행정구역 도道로 편입시키는 프로젝트를 발표한다. "우리는 타자가 되기를 요구한 것이 아니라 그와 동등해지기를 요구했습니다."라고 그는 선언했다. 그것은 프랑스 해외영토에 사는 사람들에게 투표권을 주는 등 새로운 지위를 부여하기 위한 거였다. 결국 과들루프, 귀안, 마르티니크, 헤이용은 프랑스의 행정구역 도道로 편입된다. 그는 자신의 섬을 현대화하고 풍요롭게 만드는 주역이 되었으며 도로, 상하수도 등 도시 계획을 통해 가난과 비참한 삶의 여건을 개선하려고 노력하였다. 즉, 정치적 차원에서 대중을 빈곤층으로 몰아넣는 경제 형태로부터 해방시키는 것, 문화적인 정책에 있어서 서인도의 특수성을 고려하는 것, 즉 아프리카 유산을 존중하고 서인도 제도인의 고유한 정체성을 반영하는 것이다. 세제르는 모든 인종에게 굴욕을 당하고 모욕을 당하는 세상에서 어느 누구도 자유롭지 않다고 이야기한다. 어느 누구도 흑인 종족이 겪었던 것과 유사한 불행을 겪지 않는 세상을 건설하고자 바랬다.

그렇다 해도 프랑스로 편입되는 이러한 정치적인 행보는 프랑스로부터 독립을 원하는 주체성 있는 지식인들의 비판을 받았다. 물론 경제적, 사법적, 정치적으로 프랑스인들과 동등한 사회적 위치를 확보하고, 지역을 균등하게 발전시키려는 의도는 폄하될 수는 없다. 하지만 이로써 문화적, 언어적, 심리적 독립이 되지 못한 서인도 제도 사람들이 프랑스의 행정구역으로 편입됨에 따라 여전히 끝나지 않은 식민의 굴레에서 벗어나기는 요원한 일이 되었다. 세자르 또한 이를 모르지 않았다. 그래서 문학인으로서의 세자르는 조금 더 집요하게 참여 작가로서 정체성을 확립해갔다.

"나는 참여 문학 작가입니다. 비록 제가 사회 운동 참여적engagé이라는 이 단어가 종교의 입문 및 선결적 탈퇴 같은 것을 내포하고 있어서 좋아하지는 않지만 투쟁은 서인도 제도의 지식인들이 포기할 수 없는 것입니다. 인간의 존엄성과 자유를 위한 투쟁은 매일의 투쟁이며. 나의 개인적인 운명은 공동체의 운명와 분리되어 있지 않습니다. 나는 미역이 바위에 바싹 달라붙어 있듯이 이렇게 사회운동에 천작하고 있습니다."[3]

문학인은 어떻게 사회적 변혁에 힘을 쏟아야 하나? 정치적 행보의 어려움이 시인의 주체적 문학활동으로 상쇄될 수 있을까? 둘 사이의 간극을 없애는 일은 요원한 일인가? 그는 창조적 글쓰기 기반에 놓인 불어에는 어떤 견지를 가지고 있었을까?

"나는 불어의 포로가 아니다. 나는 단지 불어에 영향을 주는 것을 시도한다. 나는 항상 불어에 영향을 미치고 싶었다. 이렇듯, 내가 말라르메를 좋아했다면, 그것은 그가 나에게 보여준 것, 내가 그를 통해 이해한 것이 있기 때문이었다. 즉, 언어는 심층적으로 자의적이라는 것, 이것은 자연스러운 현상은 아니다.[...] 나의 노력은 불어를 변형시켜, 나는 흑인이고, 나는 크레올이고, 나는 마르티니크 사람이고, 앙티유 사람의 자아를 표현하기 위한 것이다. 그래서 그런 이유로 나는 산문보다 시에 더 많은 관심을 가졌다. 이런 방식으로 시인은 자신의 언어를 만든다."[4]

자기 언어를 만드는 일은 어떤 의미로 이해할 수 있을까? 그것은 일종의 이의제기이다. 기존의 권력에 대한, 기존의 언어에 대한 항전이라고 볼 수 있다. 모리스 블랑쇼에 따르면, 문학은 권력에 항거하는 속성을 가질 수밖에 없다고 한다. "문학은 아마도 본질적으로[...] 항쟁의 힘, 즉 기존 권력에 대한 항쟁, 존재에 대한 항쟁 [...] 이

---

3) 1982년 에메 세제르, J .P Salgas 와의 인터뷰, 젊은 아프리카에 수록
4) 에메 세제르, 자클린 레이너와의 인터뷰 Jacqueline Leiner, 1980

다. 언어에 대한 항쟁과 문학적 언어의 대한 항쟁, 결국 권력 자체에 대한 항쟁이다." [5]

나의 사람들

[...]
언제
언제 너는 어두운 장난감이 되는 것을 그만두겠느냐
다른 사람들의 축제에서
아니면 다른 사람들의 들판 속에서
낡아빠진 허수아비

「수갑 채우기」 중에서

그에게 시란 무슨 어떤 의미를 가질까? 시에 대한 일반적 설명될 수도 있지만 그에게 "시는 단어, 이미지, 신화, 사랑, 유머를 통해 나를, 자아와 세상의 살아있는 생생한 심장부에 두는 방식이다." 그가 생각하는 시인의 모습은 초현실주의로 한발 더 나간 설명이다. "시인은 매우 오래 묵은, 그리고 아주 순진한 존재, 아주 복잡하면서도 아주 단순한 존재다. 시인은 꿈과 현실의 경계에 살고 있으며, 밤과 어둠의 가장자리에, 부재와 임재 사이에 걸쳐 있다. 내면의 갑작스런 변화가 생겨나면 그는 힘과 공모의 암호를 찾아낸다" [6] 그는 왜 초현실주의에 몰두했을까?

"사물에 이름을 붙이는 것은 미분화 세계 위에 마법의 세계와 괴물의 세계가 솟구치듯 나오게 하는 일이다. 그 세계는 내가 명령하는 힘의 세계이고, 내가 가호를 빌고, 소환하는 곳이다. 이미지의 경우에는 다른 것이다. 이미지는 사물과 연결된다. 이미지는 드러나지 않았던 미지의 측면을 보여주고, 그것의 특이성을 드러냄으로써 완성한다. 사물이 드러내는 이미지의 대결과 폭로를 통해 사물의 존재를 정의하는 것이 아니라 사물의 잠재력을 정의한다. 요컨대 이는 사물에 근본적인 초월성을 부여한다."

초월적 힘에 대한 갈구는 어디에서 비롯되었을까?

에메 세제르Aimé Césaire의 『나는 흑인이다 나는 흑인으로 남을 것이다』(그린비 · 2016.07.10.)

초현실주의 시세계

초현실주의에 기반한 글쓰기는 그에게 자신의 종족을 무력화시키고 자신의 처지를 체념하게 했던 서구적 사고 패턴, 습관 및 가치관, 인식론으로부터 자유로워질 수 있는 가능성을 제공했다. 서인도 제도의 비극, 즉 세자르의 비극은 아프리카 문명에서 강제로 떨어져나와 프랑스 문화에 동화되면서 자신의 문화적 유산과 멀어졌기에 비롯되었다. 사르트르Satre의 표현에 따르면, 네그리튀드negritude는 정말로 에우리디케Eurydice를 찾는 오르페우스이다. 자신을 찾고 있는 흑인, 엄청난 노력 속에서 자신의 역사를 통해 어머니 아프리카를 바라보며 자신의 근원으로 되돌아 가려는 의지이다. 자신을 발견한 흑인은 자아의 변신을 태동시킨다.

태양, 바람, 사막, 마그마, 폭풍, 파도, 열대림 등 거대 자연과 그런 자연 속에서 힘차고 자유롭게 살아가는 말, 뱀, 표범, 앵무새, 코끼리 같은 야생동물은 원시의 힘, 아

5) 모리스 블랑쇼, 우정, 갈리마르 출판사, 1971, p; 80
6) Aimé Césaire, 시전집, 서문

프리카의 원형적 에너지를 상징한다. 손상되지 않은 것들, 침범할 수 없는 것들은 원초적 생명력의 원천으로 흑인의 본래의 모습이다. 또한 이런 거대한 힘은 노예의 삶을 통해 파괴된 본래의 힘을 되찾아 줄 수 있는 치유의 에너지를 상징한다. 이에 반해 논리, 이성, 판단, 합리성을 대표하는 서구의 사고, 철학, 인식론은 이것의 대착점에 놓여있다.

순결한 종족

정체 가운데서도
태양의 말처럼 힝힝 우는 수백 년의 순결한 사람들
[...]
하지만 어떻게 어떻게 그들을 축복할까
내 논리가 꿈도 꾸지 못했던 것들
더러운 것을 강하게 거꾸로 매꽂아 깨버려
꽃은 열매 맺는다
좀벌레는 비이상적인 것을 밝힌다.

그리고 나는 물이 올라가는 것을 듣는다
새로운 것, 그대로의 것, 영원한 것
새로운 흐름 속으로 나아간다.

『놀라운 무기』시전집에 수록

다음의 시에서 용암이나 화산은 민중을 상징한다. 불의에 항거하고, 혁명을 일으키고 스스로의 힘으로 일어서는 존재를 상징한다. 세자르는 카리브해의 깊은 바닷속으로 들어가면 그들은 아프리카를 발견한다고 한다. 처음에, 출발하기 전에, 어머니 아프리카의 모습은 아마도 완전히 사라지지 않았으며, 서인도 현실에서 그 힘은 여전히 건재하여 신성한 힘으로 그들을 지켜주고 있다고 믿고 있다. 그 힘은 그들을 자리에서 일어서서 자신의 운명에 항거하게 한다. 카리브 제도 바다의 미역은 이들에게 저항의 힘을 가르쳐준다.

석호의 달력

나는 신성한 상처 속에서 살아요
나는 조상들의 상상 속에서 살아요
나는 막연한 욕망 속에서 살아요
나는 긴 침묵 속에서 살아요
나는 해갈 될 수 없는 목마름 속에서 살아요
나는 수천 년의 여행 속에서 살아요
나는 3백년의 전쟁 속에서 살아요
구근과 구근의 눈 사이 쓸모없는 의식 속에서 살아요
나는 미개척지에 살아요
나는 흐르지 않는 현무함 속에 살아요
갯벌이 된 용암 속에서 살아요
이 용암은 전속력으로 계곡을 타고 올라가서
회당을 불질러요
나는 이 재난에 최선을 다해 응수합니다
이 터무니없이 실패한 천국의 버전인 이 재난에 최선을 다합니다.

-- 지옥보다 더 끔찍한 --
나는 이 상처 속에서 살아요
나는 매 순간 내 거처를 바꿉니다.
모든 평화는 두려움에 휩싸이게 해요

불의 소용돌이
길 잃은 세상의 모든 먼지를 잡는 건
다름 아닌 포충
뱉어낸 화산은 내 창자의 살아 움직이는 물

나는 내 고통의 단어와 내 비밀스런 광물들과 함께 해요.

나는 광대한 생각과 함께 살아요
나의 가장 작은 생각 속에
나를 더 자주 가두는 것을 좋아해요
아니면 나는 마법의 공식과 함께 살아요
가장 최초의 단어들

모든 남아 있는 것은 잊혀진 것

나는 얼음 속에 살아요

나는 큰 재난의 늘어진 자락 속에 살아요

나는 아주 자주 최악으로 더 메말라 있어요.

[...]

　나는 선인장의 후광 속에서 살아요

나는 젖꼭지를 당기는 염소 떼 속에 살아요

가장 황량한 아르간 나무의 젖꼭지를 잡아 당기는

사실을 말하자면, 나는 더 이상 내 정확한 주소를 몰라요

해저 또는 심연

[...]

대기압 아니 오히려 역사적 것은

내 고통을 가늠할 수 없게 커지게 해요.

설사 그것이 내 단어를 더 화려하게 만든다 해도

『나, 미역』 중에서 시전집 수록

"간단히 말해서, 『귀향수첩』과 『나, 미역』 사이에는 평생이 있습니다. 50년의 차이가 있습니다. 그래서 분명히 두 컬렉션의 차이점은 시작 부분에 서정성이 있고, 큰 날갯짓이 있고, 결국 날개가 떨어진 이카루스가 있다는 것입니다. 그리고 다른 하나는 벼락에 맞아 쓰러진 남자가 있습니다. 마침내 그 남자가 가혹한 현실에 다가와 재고를 하는 사람입니다. [...] 분명히 사람의 삶은 빛과 그림자가 아닙니다. 그것은 그림자와 빛 사이의 싸움입니다. 그것은 일종의 열정이나 일종의 천사주의가 아닙니다. 그것은 희망과 절망 사이, 명쾌함과 열정 사이의 투쟁입니다. 그것은 모든 사람에게 타당하며 궁극적으로 어떤 순진함도 없습니다. 나는 본능의 사람입니다. 나는 희망을 향해 서 있습니다. [...] 역사에 대한 절망은 곧 인간에 대한 절망이기 때문이다. [...] 여기서도 초현실주의는 멀지 않습니다. 신성과 행동, 꿈과 현실을 조화시키는 것입니다. 그리고 현실은 가혹하고 그렇게 단순하지 않으며 어떤 슬로건도 그것을 단순화할 수 없다는 인식을 하게 됩니다. 그리고 또한 서인도 제도의 특이점에 대한 생각으로 서인도 제도가 기성 제도의 범주에 들어맞고

우리가 상찬식에 나올 것이라고 상상하는 것은 나의 가장 나쁜 생각입니다. 나는 카리브해의 역사적 환경에서 비롯한 특이함에 매우 충격을 받았으며 많은 문제가 있었기에, 으리가 현실의 여러 문제를 해결하는 데 필요한 것은 상상력입니다."

상상력의 힘, 플랜테이션에는 이야기하는 사람 conteur이 존재했다. 그는 채찍질과 힘겨운 노동에 모멸감, 무기력으로 일터에서 돌아온 흑인들을 이야기로 달랬다. "옛날 아프리카 부족에 표범의 아들이 태어났는데 ...' 로 시작되는 이야기, 신화, 전설, 영웅담으로 흑인 노예의 영혼을 위무하는 존재, 그들의 후예가 서인도 제도의 작가가 되었다. 그들은 에메 세제르를 민족의 영웅으로 생각한다. 에메 세제르의 네그리튀드는 서인도 제도의 디아스포라의 삶을 반영하며 새롭게 진화한다. 300년 전 잃어버린 땅, 어머니 아프리카의 땅은 절벽에서 수없이 떨어진 어떤 노예도 데려가지 못했다. 그들의 후예들이 영원히 돌아가지 못하는 땅에서 살면서 자신의 정체성을 다시금 고민해야 하는 시점, 에메 세제르의 현실 인식은 새로운 포스트 식민주의의 이론과 연구에 전환점을 연다. 그런 의미에서 서인도 제도의 디아스포라 지도자로서, 시인으로서의 에메 세제르는 가히 독보적이다. 소외받고 고통받는 모든 사람들 마음 속에 카리브 제도의 백사장을 뜨겁게 뒤덮었던 마그마가 타오르길 소망한다.

〈그동안 좋은 글 보내 주신 김미경 선생님에게 감사드립니다. 앞으로 학업과 연구에 좋은 결과가 있기를 기원합니다.〉

김미경

2009년 동국대 문화예술대학원 졸업

2018년 10월 소르본 누벨 대학 석사 과정 졸업
Université Sorbonne nouvelle

2018년 파리 에스트 크레테이 대학 박사 과정 시작
Université Paris-Est Créteil (UPEC)

현재, 파리 에스트 크레테이 대학 박사 과정

정택근의
야생화

두 번째 이야기

복수초

미나리아재비과
학명 Adonis amurensis Regel & Radde

정택근의 야생화 이야기_복수초

꽃으로 제 자신의 계절을 읽은 지 여러 해 되었습니다. 인연하여 많은 사람들과 장소, 그리고 시점들이 하나하나의 꽃들이 되어 주었습니다. 그들은 제 기억의 폴더 안에서 가끔씩 들추어져 환한 기쁨으로 되살아나곤 합니다.

괜한 욕심에 재촉하기도 하지만, 나름 야생화 출사시의 원칙이 있습니다. 하나는, 전투적인 출사를 삼가는 것입니다. 피어나기도 전에 몰려가 짓밟아 놓는 일은 주로 꽃을 사랑하는 사람들이 하고 있습니다. 아마 제 자신도 그들 중 하나였을 것입니다. 다른 하나는, 아무것도 버리지 않고, 어떤 것도 가지고 내려오지 않는 것입니다. 그렇게까지 극단적일 필요가 있을까, 생각이 들기도 하지만 산삼을 보고 그냥 내려온 적도 있었습니다.

업무차 제주를 방문했습니다. 잠시 시간의 여유가 있어 유난히도 눈이 많이 쌓인 한 공원을 찾았습니다. 온통 하얀 풍경에 매료당한 채 걸음을 옮기고 있던 중, 가로지른 한 발자국 안에서 노란 무언가가 보였습니다. 놀랍게도 복수초였습니다. 밟힌 그 자리에서, 10cm 이상 깊이의 상처영토에서 오히려 추위를 견디고 추슬러 꽃을 피우고 있었습니다. 제게는 거룩을 배우는 자리였습니다.

복수초는 미나리아재비과 식물로 학명은 Adonis amurensis Regel & Radde입니다. 이명으로 얼음새꽃, 눈색이꽃 등이 있는데 아마도 얼음 틈새에서 피어나거나 눈을 녹이면서 피어나는 모습을 보고 불러준 이름들일 것입니다. 이명들이 하도 예뻐 알면서도 이명을 불러주는 이들도 제법 많이 있습니다. 실제로 복수초는 휴면기에 자체 발열할 수 있는 화학성분을 축적해 두었다가 필요시 활용하고, 또 꽃의 색과 오목반사경같이 생긴 꽃의 구조도 주위보다 따뜻하여 눈을 녹이고 곤충을 유인하는 것으로 알려져 있습니다.

복수초는 지역에 따라 개화 시기와 생김의 차이가 뚜렷하여 특징을 설명하기 어렵습니다. 다만 개략하자면 우리나라를 중심으로 경기 북부지역과 중부지방은 3월 경에 꽃대가 올라와 4월에 꽃을 피웁니다. 전북과 충청의 해안, 도서지역은 1월말에서 2월 중순에 꽃이 피어나고 꽃의 직경이 5~7cm 정도로 상당히 큰 특징을 보입니다. 제주지역은 다른 종들과 달리 꽃과 잎이 함께 피어나고 잎이 상대적으로 연한 초록색을 띠고 있습니다.

그리스 파포스의 왕 키니라스와 그의 딸 스미르나의 근친상간으로 태어난 아들이 있었는데, 그가 아도니스였습니다. 눈부시게 아름다운 아이 아도니스는 성장하며 더욱 우월한 미남이 되었습니다. 그를 쟁탈하기 위해 미의 여신 아프로디테와 명계의 왕비인 페르세포네가 다투게 되자 제우스가 중재에 나서게 됩니다. 4개월은 페르세포네와 함께 지하에서, 4개월은 아프로디테와 지상에서, 그리고 나머지 4개월은 아도니스의 자유에 맡기는 것으로 하였는데, 자유로운 4개월도 주로 아프로디테와 함께 지냈습니다. 이에 아프로디테의 불륜 상대였던 전쟁의 신 아레스가 멧돼지를 조종하여 사냥에 나선 아도

니스의 옆구리를 찔러 그 자리에서 죽이게 됩니다. 흘린 피에서 꽃이 피어났는데, 그것이 복수초였습니다. 어떤 판본에는 그것이 아네모네였다고도 합니다.

그의 이름이 셈어의 Adonai, 즉 기독교의 주님을 뜻하는 것을 보면 묘한 공통점을 찾을 수 있기도 합니다. 스스로 등잔이 되어주기도 하고, 복수復讐를 넘어 복수福

壽를 기원해 주는 꽃이란 의미에서 말입니다. 한 해와 또
다른 한 해를 건네주는 아도니스의 계절이길 바랍니다.

* 꽃에 대한 상세한 설명은 국가생물종지식정보시스템을 참
  조했습니다.

* 아도니스 신화는 나무위키를 참조했습니다.

농부, 생태사진작가 정택근

〈늘푸른마을노인요양원장〉, 지적장애시설인 〈예닮원장〉, 〈충청남도노인
복지협회부회장〉 등 역임

https://www.facebook.com/taekgeun.jung/

입김

놓아준 게 많아서 더 이상 놓칠 게 없는 밤에 만난 버스를 막차라 하자. 분위기에도 앞문이 있고 하차벨이 있다. 털고 일어서기 애매한 합석일수록 한 사람이 일어설 때 따라나서야 한다. 물론 헤어질 땐 멀찍이서 손들어 허공을 뻑 눌러주는 예의는 기본. 헐레벌떡 좌석버스를 딛고 오르자 빈 뒷자리가 비척대는 나를 끌어와 앉힌다. 방금 누가 내린 자리인지 엉덩이 시트커버가 따듯하다. 차

창엔 입김 자국 속에 하트도 그려져 있다. 몸은 떠났는데 몸에서 분리된 더운 기운만 남아 여정을 계속하자는 건가. 여행의 끝은 결국 자신의 집을 덮히는 일일 텐데. 시야가 흐려진 밤거리를 내다보다가 입김은 몸 안을 떠돌던 안개일 수도 있겠다는 생각과 마주한다. 그러니까 입김은 하트를 그리기 위해 숨을 내뱉었을 때 내면의 기후가 부옇게 떠 있는 현상이면서, 마음이 응결되어 이룬 입

자일 수도 있겠다. 하트를 그려나가는 검지의 무심결에 안개 속 한 사람이 불현듯 이목구비를 갖춰갔으리라. 사랑하려고 사람을 고른 것처럼. 버스가 덜컹거려서인지 그 마음이 입김을 거둬가는지 하트 아랫부분 꼭지에서 습기가 흘러내린다. 마치 하트의 중력을 한데 그러모아 획 하나로 사라지겠다는 듯. 그러고 보니 내가 하~, 하며 불었던 입김의 계절은 제법 순수가 피었던 시절 같다. 입김은 제 안이 뜨거운 사람에게서 더 잘 보인다니까, 나도 입술 벌려 동그랗게 하고 불어본다. 지워질 듯 말 듯한 하트 가운데에 화살을 그어 넣었다.

영혼의 무게가 21g이라는 가설이 있다. 실험을 해보니 놀랍게도 죽음 순간에 체중이 가벼워져서 영혼도 무게가 있다는 주장이다. 가설은 세우는 것이기에, 나는 입김의 무게라고 가설을 일으켜본다. 호흡에 의해 산소가 몸속으로 들어가 혈액에 섞이고, 신체 한 바퀴 돌아 이산화탄소로 변해 나오기까지 시간은 모두 입김의 것이라고. 이 물리적 시간이 살아있는 동안 지속될 것이니 입김은 산 사람을 살아보는 것이라고. 그러므로 입김은 몸을 입고 유영하다가 겨울에만 실체를 드러내는 기이한 신체이겠다. 그 오랜 '몸살이'를 마치고 자신의 거처를 모두 닫아걸며 구멍 밖으로 빠져나왔을 때, 공중에서 몸을 바라보는 담담함이란. 그 21g이라는 세계에서 병(病)과 내통하고 웃음이나 울음하고도 격하게 들이켰던 날들이 허공에 흩어진 것이리라. 응급실에서 산소호흡기가 연신 깁김을 받아내려 절실하게 작동하고 있는 걸 보면, 입김이 여생을 챙겨온 것만 같다. 사실 숨을 똑바로 쉬라고 몸에 들러붙은 기계가 안간힘 쓰는 것도 명사2 탓이다. 의사는 영향력으로 숨 쉬는 사람이니까. 한겨울 산행할 때마다 입김이 내 몸을 털럭 추슬러 메고 재촉하는 게 보인다. 건강한 입김일수록 가파른 산을, 몸을 몰아 올라설 수 있다는 걸 알려준다. 내 몸의 21g을 분할해 가졌으니 입김은 그 지분으로 나를 보유한 것. 잠적을 눈감아 주는 사이처럼 입김이 내 얼굴을 숨겨준 적도 있다. 그건 쇼윈도우에 비친 내가 어느새 나이를 부도 맞듯 들어먹었다고 느꼈을 때다.

몸을 떠난 입김은 정처 없이 세상을 유랑하고 있을 것이다. 대기권 안에서 중력과 대기압에 붙들려 사라질 수도 없으니까. 그러면 내가 띄워 보냈던 한때의 입김은 지금의 입김과 다시 만날 수도 있지 않을까. 만일 접하게 된다면 서로를 알아봐야 할 텐데. 마치 자물쇠가 열쇠에 열리듯 그 미지를 떠돌던 세계가 어땠는지 열어 보여줄 수도 있을 테니까. 이런 생각을 하게 된 건 한겨울 자동차 앞유리의 성에를 보고서다. 성에가 잔뜩 낀 차를 운전하기 위해서는 히터를 강하게 켜고 와이퍼를 작동시켜 앞이 제대로 보일 때까지 기다려야 한다. 그러다 급한 대로 고개 디밀고 입김을 햐, 흘려보냈을 때! 입김이 성에에 닿는 그 순간이 옛 입김과의 조우가 될 수도 있지 않

을까. 입김 입자가 성에에 다다랐을 때의 접촉이란, 사막 바위산을 깎아 만든 고대문명의 건축물을 마주했을 때와 같을까. 정교한 육각형 속 문양들에서 압도되는 경외감. 성에는 입김으로 오랜 시간을 공중에 떠돌면서 자신만의 형태로 문명을 이룩한 건 아닌지. 미스터리한 프랙털 결정체가 오만분의 일 척도의 지도 같다. 입김에 닿아 조금씩 녹아가며 서서히 풀리는 성에. 마치 그 오랜 여정이 여기서 끝나간다는 듯, 천 년 전 죽은 이가 자신을 알아보는 숨에 섞여 비로소 눈물이 된다는 듯, 나는 그것을 가만히 지켜보게 되는 것이다.

윤성택

충남 보령에서 태어나 2001년 〈문학사상〉으로 등단했다. 시집으로 『리트머스』 『감(感)에 관한 사담들』 산문집 『그 사람 건너기』 운문집 『마음을 건네다』가 있다.

土地토지 이야기

이상진

생사가 모두 한(恨)이로다

......만물이 본시 혼자인데 기쁨이란 잠시 쉬어 가는 고개요, 슬픔만이 끝이 없는 길이네. 저 창공을 나는 외로운 도요새가 짝을 만나는 이치를 생각해 보아라. 외로움과 슬픔의 멍에를 쓰지 않았던들 그토록 미칠 것인가. 그러나 그것은 강줄기 같은 행로의 황홀한 꿈일 뿐이네....

-박경리〈토지〉中

남방제일선찰 천은사(泉隱寺)는 구례군 광의면 방광리 70번지 지리산의 서남쪽에 위치하고 있으며 대한불교조계종 제19교구 본사 화엄사의 말사로 화엄사, 쌍계사와 함께 지리산 3대 사찰 중의 하나로 꼽히고 있습니다. 절은 지리산 가운데서도 특히 밝고 따뜻한 곳에 자리하고 있는데, 지리산의 높고 깊은 계곡에서 흐르는 맑은 물이 절 옆으로 펼쳐지고 우람한 봉우리가 가람을 포근히 둘러싸고 있습니다.

(사진 : 천은사 홈페이지)

고대 그리스 비극에서 주인공을 비극적 파국으로 몰고 가는 원인의 하나는 하마르티아(hamartia)에 있다. 보통 운명적 실수, 비극적 결함 등으로 번역되는 이 단어는 어원상 '과녁에서 벗어나다'라는 뜻을 가졌다. 비극의 주인공은 자신에게 결정적인 결함이 없는데도 세계와 불화하고 비극적 상황에 놓이며, 홀로 투쟁하고 저항하지만 끝내 파멸하고 만다. 의도하지 않은 실수로 화살이 과녁에서 벗어나고, 그 작은 각도의 차이가 엄청난 비극을 가져온다. 어떤 인과성도 따지기 어렵고, 합리적 해석도 덧붙이기 어려우니, 그저 하마르티아가 그 원인이라고 할밖에 없다. 어떻게 해도 막지 못할 엄연한 존재의 힘이 있다는 자각이 그 뒤를 따른다. 순응할 수도 없고 저항해도 결국 벗어날 수 없다는 자각. 비극이 주는 역설이다.

『토지』에는 비극성을 띤 인물들이 상당히 많이 등장한다. 그중에서도 그 역설적 자각을 가장 높은 수준에서 진정성 있게 보여주는 인물을 꼽으라면 단연 김환이다. 형의 아내를 사랑한 남자, 대를 이은 불륜으로 죄의식 속

에 살다가 끝내 죽음을 택한 남자. 『토지』의 가장 처음에 자리한 사랑 이야기의 주인공이다. 그는 첫 장면부터 독자의 주목을 끈다. 사랑의 열병을 앓아 이미 육신이 쇠해진 김환은 밤이 되면 몰래 당산으로 올라가 '심장을 찢어내는 것 같은 울음소리'로 운다. 사랑하는 여인을 향한 뜨거운 마음의 소리가 온 산을 울린다. 그리고 어느 날 그 집의 별당 아씨와 함께 고방에 갇히더니 종적도 없이 사라져 버린다.

김환은 천은사에서 백일기도를 드리던 윤씨 부인을 김개주가 겁탈하여 비밀리에 세상에 나온 인물이다. 동학 장수인 아비를 따라 전쟁터를 누비며 성장하였고, 아비가 죽은 후엔 어머니 윤씨 부인을 찾아와 최 참판 댁에서 머슴살이를 한다. 태어나자마자 버려두고 온 자식이었고

(3권 317쪽)

이름도 없이 그저 '별당 아씨'로 불리는 그녀는 김환의 기억 속에서 '진달래꽃 여인'이며, '그 꽃 따서 화전을 만들어 당신께 드리고 싶어요.'라고 말하는 여자의 목소리로만 형상화된다. 구체성을 상실한 채, 꽃의 이미지와 목소리로 서정화된다. 또 환상성을 띤 꿈의 내용은 이들의 사랑을 초월적인 어떤 것으로 신비화시킨다. 이 때문에 독자는 자신도 모르게 이들의 사랑과 그리움에 연민을 느끼게 된다. 정면에서 구체적으로 그렸더라면 사랑의 진실을 제대로 그려내기 어려웠을 터이지만, 사랑의 흔적을 서정적이고 신비화된 묘사로 채워 넣음으로써 아름다운 연인으로 기억되게 만든다.

가족과 사랑하는 여인까지 모두 잃은 김환은 두만강에서 제주도까지 표랑한다. 다시 홀로 버려진 자신을 추스리고 살아야 할 이유를 찾기 위해 떠난 길이었지만 그곳에서 그는 도탄에 빠진 민중을 만난다. 지리산에 돌아와서는 자신에게서 한눈에 김개주의 모습을 알아본 동학

이제는 지척에 두고도 아들로 대하지 못하던 윤씨 부인은, 김환과 별당 아씨의 사랑을 눈치채고 이들이 함께 도망가도록 도와준다. 그러나 곧 복수의 총을 든 형 최치수의 추적이 시작되고, 도망 끝에 별당 아씨는 죽고 만다. 한 어머니를 두고, 또 한 여인을 두고 동복형제가 벌이는 슬픈 싸움 이야기이다.

대를 이어 한 집안을 풍비박산 낸 남자. 그리고 어린 딸을 두고 사랑을 좇아 떠난 여자. 이 대단한 불륜 사건은 그런데 전편을 통해 가장 아름다운 사랑으로 채색된다. 박경리는 사랑의 장면을 서술하는 데에 유독 인색하지만, 특히 이들의 사랑 이야기는 거의 공란에 가깝다. 그 둘은 어떻게 사랑에 빠지게 되었고, 어떻게 도망할 결심을 하였으며, 그리고 별당 아씨는 어떻게 죽었는가. 그저 무수한 소문으로나 전달되고 추측될 뿐, 사랑의 행복한 순간은 이 긴 서사에서 텅 비어 있다. 대신 그 공란은 구천이(김환)의 반복되는 꿈과 회상으로 채워진다.

천은사(泉隱寺)에서 바라본 인공호수. 사진 : 천은사 홈페이지)

잔당 운봉을 만나게 되고, 어머니 윤씨 부인이 남긴 돈을 군자금으로 하여 아버지의 운명에 도전한다. 동학 잔당은 물론 숯 굽는 사내 강쇠, 객주집 석포, 백정 사위 관수, 승려 혜관까지, 지리산 여기저기에 은거하고 있던 동학 잔당들을 규합하여, 민중을 위한 혁명에 나서는 것이다. 이른바 조선의 토종들로 이루어진 다양한 집단을 포용하고 이들을 항일의 싸움판으로 끌어들이는 실천력을 보여줌으로써, 인륜을 저버린 '파렴치한 최 참판 댁 머슴 구천'에서, 동학장수 아버지의 피를 이어받은 혁명지도자 김환으로 거듭난다. 이에 따라 별당 아씨와 낭만적 사랑의 도피 공간이었던 지리산은 혁명을 위한 터전이 되고, 그는 별당 아씨를 사랑하던 그저 준수한 청년의 모습이 아니라, '괴기스러운 힘이며 광기며 절망의 정열'이 너울거리는 모습, 가학과 자학 사이에서 때로 잔혹하고 냉소적인 모습으로 그려진다.

초반에 김환의 강렬한 사랑 이야기와 최 참판 가의 숨겨진 비밀이 서사의 동력을 만들어 내었다면, 혁명가로서 김환의 활동은 민중들의 잠재된 힘을 서사의 중심에 끌어올려 항일의 서사로 연결시키는 역할을 한다. 그러나 '쪼가리가 나 있는' 동학을 항일세력으로 키우는 것은 쉬운 일이 아니었다. 토론과 다툼, 갈등 속에 조직은 불안하게 이어진다. 속죄를 위해 선택한 고행의 과정이었지만, 아비 김개주가 일러준 대로 혁명이란 그저 바깥에서 부는 삭풍에 불과하다는 것을 그는 잘 알고 있었다. 민중과 함께였지만 그는 혼자였고 항일운동이라는 명분이 있었지만 허무의식에서 벗어나지 못했다. 홀로 자신의 운명적 결함과 고독한 싸움을 이어간 것일 뿐이다. 그리하여 이 혁명의 길도 결국 아버지를 따르고 만다. 김개주가 혁명에 실패하고 사형당했듯, 김환도 동료의 밀고로 일경에게 체포되고, 감옥에서 스스로 목 졸라 죽은 시체로 발견된다. 그가 어렵게 재건한 동학당도 와해되고 만다.

3부에서 김환은 이렇게 급작스럽게 무대에서 사라져 버린다. 그러나 그의 존재감은 꽤 오래 지속된다. 별당 아씨가 김환의 꿈을 통해 반복하여 등장하였듯, 이번에는 그를 기억하는 강쇠의 환각 속에서 김환의 말이 반복하여 소환된다. 가장 비극적인 죽음을 선택했지만 그것

김개주의 모델이 된 동학장수 김개남

이 어떤 자각에서 이루어진 것인가가 강쇠와의 산중문답을 통해 비로소 전해진다.

> ……한이야 후회하든 아니하든, 원하든 원치 않든, 모르는 곳에서 생명과 더불어, 내가 모르는 곳, 사람 모두가 알 수 없는 곳에서 온 생명의 응어리다. 밀쳐도 싸워도 끌어안고 울어도, 생명과 함께 어디서 그것이 왔을꼬? 배고파서 외롭고 헐벗어서 외롭고, 혼자 떠나는 황천길이 외롭고, 죽어서 어디로 가며 저 무수한 밤하늘의 별같이 혼자 떠돌 영혼, 그게 다 한이지 뭐겠나. 참으로 생사가 모두 한이로다. (3권 45쪽)

운명의 함정에 빠져 모든 걸 잃은 김환은, 치열하고 고독한 투쟁을 거쳐 비로소 자신을 받아들였고, 사랑과 고통, 슬픔과 허무를 거쳐 타인의 고통과 슬픔까지를 이해하는 대자대비의 사랑을 깨달았다. 또 생명의 응어리로서의 한(恨)을 자각, 생사를 초월하는 지극히 높은 영혼의 경지에 이르렀다. 비극적 운명이 가져다준 역설적 자각. 김환 이야기가 전하는 메시지이다.

이상진

한국방송통신대학교 국문과 교수
저서 : 『토지 인물 사전』 『토지 연구』
『캐릭터, 이야기 속의 인간』
『한국근대작가 12인의 초상』
『한국현대소설의 관습과 전략』 외

법과 이야기

사랑하라, 그리고 네가 하고 싶은 것을 하라
- 다시 시작하는 '아리아드네들'에게

전 형 호 　법무법인 〈새록〉 변호사

인연은 흔히 '붉은 실'로 비유합니다. 이 '붉은 실'을 공식적으로 묶어 주는 것을 결혼이라고 한다면, 이혼은 실을 끊고 인연을 '공식적'으로 마무리하는 것이라 할 수 있을 것입니다. 변호사로서 많은 이혼소송을 수행하다 보니, '인연의 붉은 실'이 끊기는 아픈 과정을 지켜보면서 만감이 교차하는 경우가 많았습니다. 오늘은 사랑하는 사람을 위해 잔뜩 감긴 '실타래'를 건넸던 신화 속 여성의 이야기로 시작해 볼까 합니다.

크레타 미노스 왕의 딸인 아리아드네는 미궁 속 미노타우로스에게 공물로 바쳐진 아테네의 왕자 테세우스를 보고 첫눈에 반합니다. 크레타의 미궁은 곧 죽음이었고, 설사 미노타우로스를 죽인다 하더라도 그 미궁에서 다시 무사히 빠져나오는 것은 거의 불가능했습니다. 이때 아리아드네가 조용히 테세우스에게 건넨 것이 그 유명한 '아리아드네의 실타래'입니다. 미노타우로스를 죽인 후 실타래를 이용해 미궁을 빠져나온 테세우스

테세우스와 아리아드네

와 함께, 아리아드네는 조국과 부모를 떠납니다. 아테네로 가던 도중 두 사람은 결혼을 하고 임신까지 하지만, 테세우스는 아리아드네를 디아섬(낙소스섬)에 버리고 혼자 아테네로 떠나버립니다. 이리하여 '붉은 실'은 끊기고, 아리아드네는 버림받은 여성의 대명사가 되었습니다.

테세우스가 아리아드네를 버린 이유에 대해서는 다양한 판본이 있습니다. 몇 가지만 소개해 보자면, ① 아리아드네를 아테네로 데려가면 나쁜 일이 생긴다는 예언 때문이었다. ② 아리아드네에게 관심이 있었던 디오니소스 신이 테세우스에게 그녀를 버리고 출항하도록 만들었다. ③ 임신한 아리아드네가 멀미 때문에 배에서 내려 쉬고 있던 중 갑작스러운 풍랑에 배가 떠내려갔다. ④ 처음부터 테세우스는 아리아드네를 진심으로 사랑한 적이 없고 단지 미궁에서 빠져나오기 위해 이용했다. ⑤ 단지 아리아드네에게 싫증이 나서 버렸다 등이 대표적입니다.

낙소스의 아리아드네

이혼소송의 변호사는 두 사람이 이혼할 수밖에 없는 사유 또는 혼인 파탄의 책임을 면하기 위한 사유를 다양하게 구상하여 소송에서 주장하게 됩니다. 제가 테세우스의 변호사였다면 소송에서 위 ①~③의 사유를 주장했을 것 같고, 아리아드네의 변호사였다면 ④, ⑤의 사유를 주장했을 것 같습니다. 이렇게 보면 다양한 판본의 저자들은 마치 양측의 이혼을 담당한 변호사들 같습니다.

통상 이혼소송을 제기하면 대부분 두 사람의 관계는 파탄에 이른 것이고, 그래서 이혼 판결에서 파탄 시점도 이혼 소제기 시점으로 잡는 경우가 많습니다. 하지만 이혼소송을 제기했다고 하여 두 사람의 인연이 끝나는 것은 아닙니다.

아리아드네와 테세우스의 이야기에서도 두 사람의 인연은 헤어짐으로 끝나지 않습니다. 처음부터 테세우스가 아리아드네를 이용했던 것이라는 판본(위 ④번 판본)이 대표적인데, 아리아드네를 불쌍하게 여긴 디오니소스가 테세우스에게 돛의 색깔을 흰색으로 바꾸는 것을 잊어버리게 하여, 검은 돛을 본 테세우스의 아버지 아이게우스가 아들이 죽었다고 착각하고 절벽 아래로 몸을 던졌다고 합니다. 아리아드네의 입장에서는 권선징악적인 인연의 종결입니다.

그러나 '현실' 속의 이혼에서는 한 편의 부조리극 같은 결말도 있습니다. 늦은 나이까지 독신을 유지하다가 열렬한 사랑에 빠져 결혼하였던 어느 의사 선생님의 사건입니다. 그분은 나이 차이가 상당히 나는 아내와 결혼하였는데, 얼마 지나 아내의 외도를 알게 되었습니다. 사랑했던 만큼 상처가 컸던 그분은 당장 이혼소송을 제기하였습니다. 이혼은 당연지사, 100억 원에 가까운 재산의 분할에서도 상당히 유리한 판결을 기대할 수 있고, 위자료도 청구할 수 있는 상황이었습니다. 그런데 실연의 상처를 술로 달래던 의사 선생님이 이혼소송 도중 돌연사하고 말았습니다. 가사소송법에 따라 이혼소송 도중 원고가 사망하게 되면 이혼소송은 그대로 종료되고, 이혼의 성립을 전제로 한 재산분할청구나 위자료 청구 역시 특별한 사정이 없는 한 함께 종료됩니다.

그래서 의사 선생님의 이혼소송 역시 종료되고 말았습니다.

하지만 의사 선생님이 맺은 인연의 실은 아직 끊어지지 않았습니다. 의사 선생님의 부모님은 일찍 돌아가신 상태였고 의사 선생님 부부 사이에는 아이도 없었습니다. 그러다 보니 이혼을 당할 처지였던 아내가 이제 의사 선생님의 유일한 상속인이 되어, 100억 원에 가까운 모든 재산을 상속받게 되었습니다. 의사 선생님의 형제들은 억울함을 호소했지만, 어쩔 수 없는 일이었습니다.

처음에 매끈하고 약했던 인연의 실은 살다 보면 연싸움에 쓰는 유리 조각을 바른 실처럼 변하기도 합니다. 이혼으로도 곧바로 끊어지는 것이 아니어서, 특히 슬하에 자녀들이 있는 경우에는 고르디온의 매듭처럼 풀기 어렵고 그것을 푸는 것이 인생의 성패를 좌우하는 것처럼 느껴지기도 합니다. 그래서인지 이혼을 상담하시는 많은 '아리아드네들'은 이혼을 인생의 실패라고 생각하시는 경우가 많습니다. 심지어 평생을 가정폭력에 시달리다가 황혼이혼을 결심하신 분도 '이게 맞

디오니소스와 아리아드네

는 선택인지 모르겠다. 실패한 인생 같다.'라고 말씀하시기도 합니다. 하지만 여러 이혼소송을 수행하며 많은 '아리아드네들'을 만나보니, 한 인연이 끝났다고 하여 인생이 실패로 귀결되는 것은 아니었습니다.

다시 아리아드네의 이야기로 돌아가 보면, 버림받은 아리아드네는 디아섬에 홀로 남아 실성한 채로 울부짖고 있다가, 현현한 디오니소스 신을 죽음의 신으로 착각하고 자신을 죽음의 나라로 데려가 달라고 합니다. 아리아드네의 모습을 본 디오니소스는 오히려 사랑에 빠져, 결국 아리아드네를 신의 아내로 맞아들이게 됩니다. 이런 아리아드네처럼, 귀한 인연은 앞의 인연이 끝난 곳에서 시작되기도 합니다.

중세 교부철학자 아우구스티누스는 『페르시아 사람들을 위한 요한 서간 강해』에서 '사랑하라, 그리고 네가 하고 싶은 것을 하라 Dilige et fac quod vis'라고 말했습니다. 설마 아우구스티누스가 불륜을 조장한 것은 아닐 겁니다. 저는 이 문구에서 이혼을 '인생의 실패'로 여기고 인연을 맺었던 과거까지도 모두 부끄럽고 지워버려야 할 대상으로 여기시던 '아리아드네들'을 다시 떠올립니다.

비록 실은 끊어진다 해도, 자신의 실타래를 조용히 건넨 그 순간, 서로의 '붉은 실'을 잡으면서 인생의 미궁을 빠져나오려고 했던 그 노력은 그때도, 지금도 여전히 아름답습니다. 그리고 이혼판결문을 받은 많은 '아리아드네들'이 '허무하긴 하지만 자유를 되찾은 것 같아서 기분이 좋다.'라고 말씀하시는 것을 보면, 인연을 끝내면서 자신의 인생을 회복하기도 하는 것 같습니다. 중세 철학자는 인연(사랑)과 인생(하고 싶은 것)은 '하나' 같지만 '둘'이라는 점을 당부했던 것이 아닐까요?

전형호

서울대학교 법학과, 서어서문학과(대학원)
(현)법무법인 〈새록〉 변호사 _02.6953.7060
hhjeon@saerok.co.kr

우린, 우르르 버려져도 돼[*]

김 승 일

댈구 실패
오늘은 담배 없어
대신 하리보 어때?
하리보?

하리보는 꼬마곰
하리보를 훔쳤네
작디작은 꼬마곰
하리보일 뿐이야

말 못 하는 색깔들
많아도 하리보
한 줌의 하리보
우르르 토끼면 돼

아이들을 무릎 꿇게 하고
아이들을 엎드리게 하고
아이들의 몸과 마음에서 끝없이 눈물을 끄집어낸
우리도 한 줌의 아이들이지

너흰 이제 집으로도 도망을 못 가
운동장에서 단톡방으로
어떤 슬픔과 기쁨의 이모티콘이 팝콘처럼 튀어나올까
다디단 침처럼 고이네
욕이 고여 질겅질겅

하리보는 꼬마곰
하리보를 씹었네
작디작은 꼬마곰
하리보일 뿐이야

말 못 하는 색깔들
새콤달콤 먹었네
아무리 많아도 하리보
아무리 모여도 한 줌의 하리보
우르르 버려도 돼
우르르 버려져도 돼

* ○○초등학교 일진의 비밀, 일기장에서

5초마다 한 번씩, 사람의 영혼, 눈송이가 되고 있을 때

너는 나를 옆자리에 태우고 두 시간 가까이 달렸어 나는 대교에 박힌 무수
한 가로등을 올려다보면서 뒤집혀 죽은 거대한 그리마를 떠올렸지 너는 신
경질처럼 끼어들기를 반복했어 구역질이 났어 내려서 토하고 싶었어 너의
목소리에서 수십 마리의 그리마가 쏟아져 나오는 것 같았어 눈을 감고 숨도
참았어 아껴둔 나무로부터 편지를 부쳐둔 강물로부터 멀어지고 있었어

너와 함께 도착한 곳에서 새로운 비명이 자라고 있는 걸 아슬아슬 보았지
아름다움이 수정되고 있었어 아름다움을 희망하는 사람들이 촛불처럼 모여
있었지 누가 후 불어주기를 갈망하면서 자기 자신의 목덜미로만 기울어지
면서 스스로를 살리려고 스스로 날려 보낸 새들이 가슴 아프게 했으므로 휘
파람이라고 했어 누군가 심장이 안 좋다는 거야 판막이 새, 라고 했어 자신
의 피를 견디지 못하는 판막은 그러니 아픈 새들이었을까

서러운 새들이 자꾸 서글퍼져 자기 깃털에 뭉친 물방울을 자기 몸짓으로
털어내듯 매번 다르게 노래 부르는 새들처럼 나는 그 자리에서 조용히 나왔
어 스스로 마를 때까지 길을 걸었어 가장 사랑하는 사람에게 전화를 걸었지
아직은 괜찮아 걷고 있어 아픔과는 무관하게 행복하고 슬픔과는 무관하게
빛이 나니까 가만가만 눈 내리는 밤의 맥을 짚어보고 있었어

너의 계획이 아니었다면 너에게 그런 소름끼치는 명령을 내린 괴물은 또
누구였을까 너에게 질문하라고 시킨 사람이 있었으므로 너는 다시 흩어진
단어들을 끌어 모아 그 저녁에 가장 어울리는 문장으로 길어졌을 거야 그것
이 처음부터 너의 일이었던 것처럼 눈이 내렸지 눈이 끝없이 오고 있었어 멈
출 생각이 없는 하늘 아래 나는 몇 개의 사랑이 지나가는 자리마다 발자국을
남겨놓고 몇 개의 설움이 지나가도록 나를 놓아 주었어

눈물이 핸드폰 창을 열어놓고 흐르니까 그치지 않는 거야 희망이라든가
삶이라든가 사랑이라든가 하는 외투 같은 말들을 자꾸 검색하느라고 창을
따라 창을 열고 눈이 나에게로 나에게로 또 다른 저녁에게로 징검돌을 건너
고 있었던 거야

　시가 낸 창으로만 건너간다고 말했지만 창을 건너가는 필체가 있다면 그 필체 보자마자 눈이 그렁그렁한 사람을 만난다면, 우린 함께 망각의 차임벨을 누르고 되도록 멀리 도망갈 수도 있었을까 눈 내림과 눈 내림 사이에서 바람이 불더라고 증오가 사라지려고, 어떤 색의 잉크인지 얼마나 출렁이는지 어떤 종이 끝을 잡고 섰는지 달빛은 알고 사람은 모르는데 그는 영영 모르고 있는데 나를 오래도록 바라보고 발길을 돌린 그 계절의 고양이는 알고 있다고

　나는 아무런 흔적을 남기지 않고 조용히 아름다움의 자리로 돌아와 앉았어 시간이 많이 흘러가 있었어 그는 여전히 그의 폭력을 모르고, 몇 세기가 지나도록 전쟁은 계속되고, 벽지 위에서는 여전히 빨갛고 파란 피들이 흘러내리고 있었어 어떤 글자를 발명한 사람 하나가 오래도록 눈물을 흘리고 있는, 아직 눈 내리는 저녁이었어 5초마다 한 번씩, 사람의 영혼, 눈송이가 되고 있을 때

김승일 　2007년 〈서정시학〉 신인상 시 부문으로 등단했다.
시집으로 『프로메테우스』, 『나는 미로와 미로의 키스』가 있다. 각 지역의 학교와 도서관 그리고 동네책방에서 시 낭독회와 시 창작회를 통해 학교폭력 예방·근절 운동을 지속하고 있다.

부부

박 재 우

앉을 때마다
의자는 조금씩 삐걱거리기 시작한다

나무의 속살을 파내고
흠집을 만든 곳에
의자는 연결되어 있다

어느 날 우리는 그 위
신음에 아귀 맞춘 신음처럼
나란히 앉아있다

둘이 앉아도 될 만큼 넉넉하다

앞과 뒤로 갔다 왔다 하는 동안
흠집에 저장된 통증이
어제처럼 내일처럼 흘러나오지만

그건 이미 의자가 된 상처이므로

우리는 흔들리는 의자의
열매처럼 푹 파묻혀 있다

삐걱거리는 소리가 깊을수록
명품으로 쳐준다는 흔들의자,

둘 다 훅 빠져나가도
시간의 얼레를 풀며
저 혼자 가만히 흔들리는 세계가 있다

개

생명은 간명하게 삶과 죽음으로 나뉜다

나뉜다는 것은 이미 돌이킬 수 없다는 말,

긴 쇠사슬을 따라가 보면 어김없이
죽어가는 개가 혀를 물고 있다

혀에서 시작해 꼬리로 이어지는 전율이
생의 좌우를 흔들던 시절을 돌이켜보면
날카로운 이빨은 얼마나 쓸모없는 상징이었나

저 길고 축축한 감옥에서
밥이 나오던 시간을 떠올리는
개는 온몸을 부르르 떤다, 축 늘어져가는
몸에 깊게 박혀있는 습성이 밀려나온다

핥고 빨던 시간의 더러운 침이 터진 지갑 같은 턱에서 쏟아진다

온몸의 혈을 고이게 하던 붉은 혀는 한때 개의 중심이었다
중심에는 혀를 내두르던 복종이라는 함의가 아직 빙빙 돌고 있다

멀리 달아나려 할수록 목구멍을 조여오던 날들이 죽음 직전에 몰려와
눈에는 살기가 번득인다

개는 처음이자 마지막으로 혀를 게워내, 문다

한 마리 맹수가 죽는다

박재우

2023년 〈상상인〉 신춘문예 등단
〈제주4·3평화문학상〉, 〈신라문학대상〉 등 수상

서사

이 진 우

멀리서 바라볼 수 있는 표정들이 필요해서
창문이 만들어졌지

누군가 울고 있어

세상을 바꿀만한 일은 아니야

이곳에서
풍경과 얼굴은 너무 단단하게 붙어 있어서
눈앞에 펼쳐진 슬픔은
오래된 동굴 속에서 발견된 그림처럼 납작해 보인다

그래서 창문 밖에는 어떠한 이야기도 존재하지 않는 걸까
우는 사람을 바라보며 울지 않았어
울고 싶지 않은데
여전히

누군가 울고 있고 누군가 다가와 어깨를 두드리다 난감해하고 누군가 한
참 그 광경을 바라보다 떠나가고 잠시 멈춰 힐끔거리그 지나가고

발자국이 희미해지고 있어
벤치와 벤치에 앉아 우는 사람을 구분할 수 없는 곳에
창밖이 만들어졌어

다시 보고 싶지 않은 장면과 다시 돌릴 수 없는 장면이 같다는 걸 알게 되
면 어떤 기분일까

간신히 걷고 있는 사람의 떨리는 어깨가
늘 똑같은 시간에 출발하는 열차처럼 작아지다
사라지는데

마침내 슬픔은 문장 속에만 있어

가까이선 볼 수 없는 장면들을 위해
창문이 만들어졌지

나를 보러 와

아무도 초대하지 않을게

커피 한 모금

2023 〈조선일보〉 신춘문예 시 부문 당선

돌이킬 수 없는 밤이 지나고
몇 번의 침묵을 건너고 나서야
우리는 만날 수 있었다

아직 손도 대지 못한 머그잔 속에
그런 시간들이 담긴 듯했다

새까만 커피를 바라보다 문득
너는 한 번도 불행했던 적 없는 사람처럼 웃으며
커피가 다 식어버렸다 말했고
더는 네가 본 것들을 궁금해하지 않으려
나도 너를 따라 웃었다
다만 세상의 어떤 종이 위에도
그날 삼켜야만 했던 것들이
적혀 있지 않기를 바라며

긴 잠에서 깨듯
천천히 잔을 들고
미지근해진 커피 한 모금을 마신 네가
신맛이 느껴진다고 말했다

이진우

2023 〈조선일보〉 신춘문예 시 부문 당선

바늘 아티스트 / 김 경 화

어제와 오늘
이어 붙여야 해

흉지는 살갗도
잃어버린 시간도 있지만

잘 아물면 작품이 되거든

〈경희사이버대학교〉 미디어문예창작학과 졸업
2021년 〈중랑신춘문예〉, 한국사진문학 제7회
신인상, 제7회 〈황순원 디카시공모전〉 최우수
상, 제1회 〈치유문학상〉 디카시 최우수상, 디
카시집 『디카시, 섬광의 유혹』

꽃신 한 켤레 / 김 옥 순

때론 꽃 같았던 청춘으로
되돌리고 싶을 때가 있어
가기만 하는 계절 발목잡이로
매달아 주고 싶다.

한국방송통신대학교 국어국문학과 졸업, 2012년 〈솟대문학〉 등단, 제22회 구상솟
대문학상 최우수상 수상, 시집 『날씨 흐려도 꽃은 웃는다』, 『11월의 정류장』 출간

달아 높이곰 돋아샤

/ 서 영 우

섬진강 백사장에 달 떠 온다, 달이 떠
어긔야 어강됴리 아으 다롱디리*

대보름 저 달집 다 타고 나면
훨훨 날아오른 불티
봄이 오는 화개동천을 꽃으로 물들이겠다

*정읍사에 나오는 여음구

2022년 〈강원시조〉 신인상으로 등단
〈이병주하동국제문학제〉 디카시 최우수상(2021)

빈 곳의 마법

/ 신 혜 남

제대로 비워낸 빈 벽에
잎이 와서 그림을 그리네
철저하게 하얀 마음에
붉은 사랑 번져오지 않겠나
그저 한 획 그었다고 그림이라 할 수 있나

2023년 황순원디카시공모전 대상 수상
시집 『어머니의 눈물』, 『세상에 단 하나의 남자와 단 하나의 여자』, 『시인의 새
벽』, 『사랑 법』 출간

아버지의 가족 / 염 진 희

빈자리 보일세라
그새 자라나 메우고

열 길 가슴 걷고 계실
당신 발자국 어루만지네

〈디카시 마니아〉 회원

경고등 / 정 사 월

굴러다니는 인생에
빈 박스 같은 마음이라

이제 그만 얹으라는
더는 실을 수 없노라는

(본명 정명숙) 2011년 〈자유문학〉 신인상 등단,
2022년 〈이병주 하동국제문학제〉 제8회 디카시공모전
수상, 디카시집 『하늘카페』

상생 / 최 연 서

너의 옷이 되어주고
너의 추위 막아주고
그러면서 나는 너에게 기대어 살고
우리 이렇게 아름답게 닮아가자

통영충무여자중학교 1학년

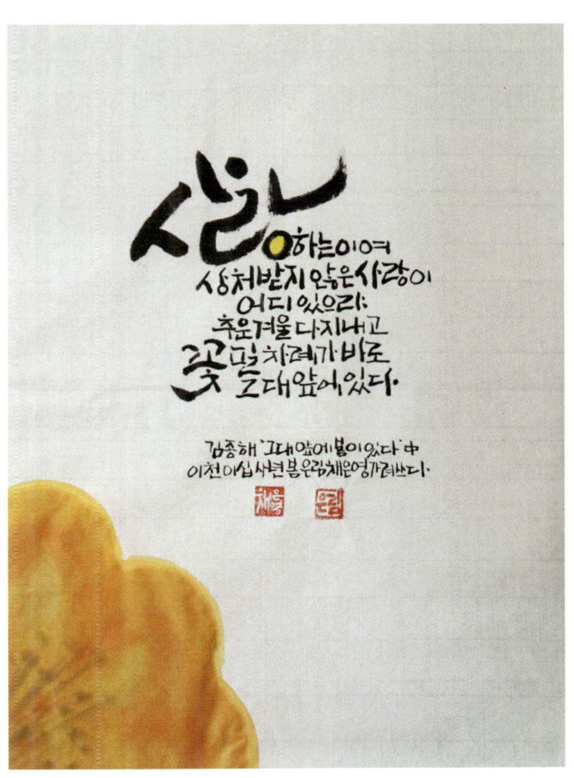

김종해의 「그대 앞에 봄이 있다」 중에서
채은영 씀

시집 다비茶毘

김 동 곤

잎 낮은 시간으로 흐르는
이순耳順의 서느런 무게를 들고
이제는 익숙한 그 무엇들이 사라진
일상처럼 낡고 적막한 고향에 닿았다

저녁이 데려온 먼 산 그림자가
앞내에 내려와 긴 머리채를 풀었다
나는 마당을 서성이는 바람을 데리고
어둠이 묵좌默坐한 아궁이에 불을 지폈다

방 한켠에서 저문 생을 허물고
유통 기한을 마감당한 시를 불사르면
지난 30년 나를 삭이고 삭히던 활자들이
차안此岸의 미명微明을 허무는 어둠을 안고
하르르하르르 몇 잎의 차가운 불꽃으로 타올랐다

멀리, 생生에 갇혀 있던 죽음 저 너머로
— 시가 뭣인데 그게 밥벌이는 되냐
어머니의 오래된 가느다란 물음이 서늘하고
— 아무리 농사일보다야 못하겠어
늙으신 아버지의 대답이 하릴없이 헐거웠다

바람을 흔드는 사선斜線의 바람 소리
지상의 한 평 시린 옛이야기가 스러지고
나는 가늣한 적빈의 나지막한 어둠을 뒤적이며
마지막 추억 하나를 빈 아궁이에 던져 주었다

방에 들자 결별이 남기고 간 먼 고요
인연因緣은 경계가 그믐처럼 가난하고
돌아갈 곳 없는 적멸의 빈 흔적들을 생각하며
나는 텅 비어 가득한 화엄의 어둠으로 걸어갔다

고려대학교 국문학과 졸업.
2022년 계간 《사이펀》 신인상 등단.
2021년 〈광명전국신인문학상〉 시 부문 당선(대상),
2021년 〈공작산생태숲문예축전〉 수필 당선(동상)

이월二月

김 춘 성

겨우 이틀이거나 많아야 사흘 모자랄 뿐인데도
이월은 가난한 집 막내딸 같이 쑥스러운 달이다
입춘을 보듬고 있다 해도
겨울이 끝난 것도 아니고 봄이 시작된 것도 아니어서
이월은 괜히 민망한 달이다
한 학년이 마무리되는 달인데도
언제나 새 학년의 벅찬 기대에 끌리고
새해 첫 달의 바로 뒤에 매달려
제대로 얼굴 한 번 내세우기도 그렇고
봄을 끌고 오는 삼월의 소리에 눌려
이상한 주눅으로 얼굴이 벌게지는 이월
더러는 별 볼일 없이 그냥 지나치는 간이역 같은 달
특별한 것이라고는 없어 특별하지 못한 그런 달
깊은 숨이라도 내쉬면 금방 날아 가버릴 것같이 허약
한 달
어쩌다 설날이라도 끼어 있어야
그야말로 어깨 한 번 펴고 우쭐대보는 달
그런다고 누구 하나 나서서 챙겨주지도 않아
혼자 끙끙대며 앓는 겨울밤 어머니 같은 달
그래서 미안하고 죄송해 매운 눈물 울컥 맺히는 달
가다가 늦은 눈이라도 푸짐하게 내려야
인사치레로라도 아쉬움을 달래며 총총 떠나는 이월.

깐 도라지

심 은 섭

오로지 꽃만 피워야 한다고 말하기에
산기슭에 살면서
흰꽃, 보라꽃 가리지 않고 피워냈지요

오로지
흙냄새만 맡으며 살아야 한다기에
자갈밭 이랑에 두 발로 묻고 살았지요

하지만
내 몸에 통통한 살이 오르던 어느 날
푸른 지폐들이 모여

온몸의 갈색 피부를 벗기어서
흰 속살이 드러낸 나를 마트 진열장에
진열해두었지요

흰 달빛으로 운명의 천을 짰을 뿐인데
무엇을 더 하라는 말씀인지요
허기가 져도 화전 밭으로 돌아가렵니다

1976 시집 『我愚聲』으로 작품활동 시작
『익사하는 본색』, 『이래도 사랑을 할 것인가』, 『고창~산티아고』 등 발간
〈박재삼문학상〉, 〈조지훈문학상〉, 〈문학한국대상〉 등 수상

2004년 〈심상〉 등단
2006년 〈경인일보〉 신춘문예 시 부문 당선
2008년 〈시와세계〉 문학평론 당선

맨발

유 정

비 오는 날 맨발로 걷는다 찰방찰방

풀숲에 떨어지던 빗방울 발꿈치를 들고
따라온다
토닥토닥 웅덩이를 쓰다듬다가
흙바람 껴안은 나뭇잎 한 장을 사뿐히
밀어놓는다
둠벙 속으로 가랑잎 새 한 마리 가볍게 날아 앉는다

지난밤 뒤척이던 잠은 젖은 나뭇가지에 올려놓고
흙길에 누운 잔돌들의 아우성을 발바닥으로 듣는다

뜨겁고 깊었던 여름의 고뇌가 땅속으로 숨어드는
흙더미 속에 닫혀 부화하지 못한 애벌레들의 꼼지락이
몸 비틀며 사부작 돌아눕는
뿌리를 뚫고 올라온 풀꽃들이 빗방울을 움켜쥐는
소리, 소리들

맨발의 귀가 활짝 열린다

몸 구석구석 박혀 있던 까칠한 내면의 껍질들이
젖으며 깨어진다
바람이 불 때마다 쏘아대던 화살촉이 꺾인다
쉽게 열리고 쉽게 무너져 생채기 난 과녁이
찰방찰방 맨발 속에서 녹는다

달아올랐던 숲의 일기日記가
오늘 젖은 꽃으로 환생한다

잠자고 있던 세포들이 깨어난다
맨발의 우주가 청량해진다

2008년 계간 〈문파〉 등단.
한국문인협회, 한국가톨릭문인협회. 경기시인협회회원
계간 〈문파〉 편집위원. 수필집 『발자국마다 봄』

붕어빵의 근황

허 자 경

찬바람이 도시를 깨우는 길모퉁이에
그가 사글세로 산다

연못으로 돌아가려고
몇 날 며칠 화덕에서 몸을 구웠으나
한 방울의 물도 얻지 못했다

한겨울의 빨랫줄에 걸린 빨래처럼
우는 날도 있었으리라
지하방에 4월이 찾아와도
꽃이 피지 않던 날도 있었으리라

좀처럼
축 처진 어깨가 펴지지 않은 그런
나날들,
얼마나 더 영혼을 태워야
연못에 사는 금붕어가 될 수 있을까

햇살은 붕어빵보다 차가웠다
겨울 한기가 화살처럼 스칠 때마다
얼어버린 붕어의 아가미를 생각한다
마스크를 벗자 입술에 서리가 끼고
붕어빵은 겨울의 이름 중 하나가 된다

팥이 내리는 날씨가 있으면 좋겠다고
흰 눈을 맞는 우리는 생각한다
무료로 앙금을 공수한다면
붕어빵은 더 저렴할 것이라며
아까운 푼돈만큼 농을 던진다

붕어 없는 붕어빵을 용서하듯

눈사람이 태어나지 않은 겨울을 용서한다
강이 마른 자리에 물고기가 없다면
그것은 피해자 없는 다행인지
가난의 비극인지 정할 수 없다

바닥에 쏟은 붕어빵들을
비둘기들은 '너는 쓰레기가 아니야.'라며 위로한다

NFT 발행하기

2020년 〈시현실〉 등단

Aqua man - 뻐끔거리던 순간

윤 재 현

제가 물고기가 된 것은 아니었습니다만
빛을 쫓는 특성을 가지게 된 것을 뭐 어쩌겠습니까

결국
이런 종이 되어버린 거죠

빛이 다가옵니다
태초에 해양생물이었던 제 심장은 격하게 요동치지만
다행히 척추는 없어 부러질 일은 없겠군요

마침내
빛이
한 아름 다가오면
아,
다행입니다
빛이 아니라 아름이군요

오- 마치 그것은 한송이의 장미-
아니, 산호라 부르는 것이 맞겠네요

아득한 과거에서도 같은 물이었던 저희가
각각의 파도에 떠밀리듯 겹쳐지는 순간!
오- 그때의 저는 긴팔원숭이- (이것은 과연 진화일까
요 퇴화일까요)
스스로 안기엔 비루하여도*
저희는 서로를 ((꼬옥))
하기 전 잠깐!
ㄲ이 ㅉ으로 이어질 수 있다면
저희는 물고기처럼 입술을 뻐끔거려요 (어쩜 유치한
장난인가요 상관없어요 모두가 사랑이라는 양수 속에서
아이가 되죠)

기적은 이어졌죠 아름에 안겨 당신과 입 맞을 때
저에게 당신의 함유량이
당신에게 저의 함유량이
임신보다 가파르게 치솟던 그 순간,

아가미처럼 숨 쉬던 호흡이 일그러지고
처음 수영 배울 때 수영 강사의 가르침처럼
음, 파. 음, 파.

吟, (읊었다가)

破. (부서지고)

喑, (벙어리)

破. (부서지고)

오- 위대한 최초의 호흡
해양생물과 육지생물의 경계에서
비로소 人으로 거듭납니다

아,

당

신

을

사

랑

합

니

다

* 박성후 시집 『쌍성계에 관한 고찰』 중, 「긴팔 원숭이의 꿈」 인용

호떡 아줌마

장 영 걸

눈 내리는 추운 날 제물포역

비가 오나 눈이 오나 그 자리

주차장 귀퉁이 호떡집

드나드는 사람들마다

서글서글 눈길로 맞아주는

아줌마가 있다

어서 오시오

우선 호떡 하나 드시오

따끈한 어묵 국물에 호떡 하나를 건넨다

돈과는 상관없이

들어오는 사람마다

호떡 안에 묻어둔 훈훈한 마음

먹지 않아도 가슴 뜨거워지는 건

하굣길 달려들던 어린 시절

군고구마 손에 꼭 쥐여주던

우리 엄마 때문이다

한국장애인연맹 화성dpi 〈희나리시문회〉 회원

문학매거진 SIMA
시 작품 응모안내

〈도서출판 도훈〉에서는 새로운 작법을 시도함으로써 다각적으로 변하고 있는 현대시를 수용하고자 시잡지 〈문학매거진 SIMA〉를 계간지로 발간하고 있습니다. 〈문학매거진 SIMA〉는 시, 시조, 동시, 디카시, 디카에세이, 시화, 캘리그라피 등 다양한 형태의 작품을 담아 시의 저변을 확대하고자 합니다.

〈문학매거진 SIMA〉는
**시를 사랑하는 모든 사람을 위한
다양한 볼거리와 읽을거리를
제공해 드립니다.
많은 응모를 바랍니다.**

■ 대상 : 시를 사랑하는 누구나 가능합니다.
등단, 미등단에 상관없이 응모 가능합니다.

■ 응모 기간 : 여름호 2024년 4월 27일(금)
– 선정 공고 5월 10일(예정)에
홈페이지를 통해 공지합니다.

■ 작품이 선정되신 분들에게는 책을 보내드립니다. 원고 접수할 때 꼭 주소를 써 주세요.

■ 이메일 접수만 가능합니다.
(모집 공고를 보고 꼭 공고 내용대로 접수해 주세요)

원하는 분야에 각 1편씩만 접수 가능합니다.
(초등학생은 디카시와 동시만 접수받습니다)
보내실 곳 : hello@dohun.kr

자세한 내용은 홈페이지(www.dohun.kr)를
참고해 주세요. 〈도서출판 도훈 –시마〉

나의 바람

신 정 민

어느 옛날에 바람이 밀려오자
바다도 같이 속삭였더랬다.
상냥한 대기가 수면을 스치면
그날 어부들은 행복한 두 손으로 돌아오곤 했다.

가끔 파도가 거칠게 일어났다
그럴 때면 공기마저 사나워서
아이들은 시린 공기에 코를 훌쩍였다
어부들은 물론 온 마을이 조용해야 했다

언제 너는 내게 나무 같은 존재였다
그 그림자로 나를 안아주어서
그러나 알고 보니 너는 나무를 스치는 바람이었다

생각해보니 항상 나를 가슴 뛰게 하는 너였다
너는 내 시의 소재가 되었다.
나에게로 와 너의 상냥함을 한 움큼 주었으니
나는 그것을 전래동화로 노래해야겠다.

입에서 입으로, 또 옆에서 옆으로
전해지는 바람과 바다의 우정 속에는
아주 오래된 우리들의 마음이 담겨있으리라

너는 내 바람이 되었으니 나는 네 바다가.

구월여자중학교 1학년

추억을 떠올리다가

황 채 영

더 이상 꺼내지 않아, 녹슨 기억들도
그토록 애태운 마음이 빛바랜 순간들도
하나의 추억으로 남으니 결코 부인할 수 없다

곁에 가까이 있었던
하지만 눈길 주지 않았던
나의 불편한 추억들

이제야 난
하나씩
꺼내어본다

먼지 쌓인 지, 오래된 두꺼운 사진첩
서랍 구석에 틀어박혀 있던 구겨진 편지 몇 장
그땐 그렇게 소중했던 누군가와의 네 컷 사진

쭈그려 앉아 회상해본 나의 지난 추억들
그리고
그리움만 남는다

모락중학교 2학년

배의 내재율은 푸른 하늘 은하수

김 가 림

귓가에 넘치는 바다
소금기 가득한 바람
파도로 만들어진 소리의 껍질을 벗기며
나는 할아버지와 항해하는 나비잠을 꾼다

하늘엔 은하수도 쪽배도 보이지 않는데

하루가 의미 있겠다는 일기예보가
세상을 활보한다

간혹 바람에 홀린 바람개비가
핑그르르 돌며 자신을 팔기도 한다
겉이 반듯한 신사가 바람구두를 신고 한낮을 걸어 다니면
그건 할아버지의 젊은 날

할아버지는 나의 등대
먼저 가버린 할아버지를 떠올리며
마음이 텅 비어가는데
그런 때에도 할아버지는 나의 등대

담벼락마다 초여름이 눌어붙는다
이따금 국지성호우가 지나가고

어허야 둥가쟝 노 젓는 소리
노랫소리 따라 귀를 기울이니

어허야 둥가쟝 어허야 둥가쟝

쪽배를 탄 할아버지 은하를 건너오시는 소리

충렬여자중학교 3학년

지우개

김 민 서

벅벅
지우개로 지운다.
누구보다 빠르지만 누구보다 느리게
웃지만 울면서
지우개로 고장난 기계를 지운다.
지워지지 않을 것을 알면서도
웃는 입과 우는 얼굴로 새로운 기계를 들여올 수 있게
눈물이라는 잉크와 함께 지워버린다.

율하중학교 3학년

우리들의 제목

김 수 아

너의 제목이 '미운 아기 오리'였으면 좋겠다
다른 사람이 너를 욕해도
네가 아름답게 살아갈 수 있도록
다른 사람에게 버려지더라도
네가 아름답다는 것을 깨달을 수 있도록

나의 제목이 '잠자는 숲속의 공주'였으면 좋겠다
네가 힘들어 잠에 들 때마다
너를 깨우러 갈 왕자님이 나일 수 있도록
너의 깊이 잠든 마음이
나로 인해 깨어날 수 있도록

우리의 제목이 '피터팬'이었으면 좋겠다
우리의 마음이 항상
어린아이처럼 모험과 용기로 가득 찰 수 있도록
우리의 마음이 항상
어린아이처럼 행복하고 설렐 수 있도록

교실의 봄

성 채 빈

울렁, 울렁인다.
바다 안인지 아니면 교실 안인지
그 어딘가의 공간에서 글씨들은 헤엄친다

분필이 갈려나가는 소리에 목이 마르고
물을 마시면 목구멍에 분필가루가 가득차서 턱턱-
째깍째깍 동그란 시계마저 날카롭다

이 커다랗디 조그마한 교실에서
더욱 조그마한 나는 존재하되 존재하지 않는다

종이 치면 비로소
영혼이 일렁이다 울렁이면 존재하지 않고 싶은 교실에
나 홀로 일렁인다

창밖에서 불어오는 일랑일랑의 오묘한 향기가 탐난다
이 교실을 가득 채우는 향기가 부럽다
누군가는 이곳에서 꽃을 꺾고 있다
아니 꽃이 스스로 꺾여나간다
모두가 울렁이고 일렁이고 울렁인다

아름다울지는 몰라도 아무도 완전치 않은 봄.

옥동중학교 3학년

능실중학교 3학년

애착 인형

박 하 늘

그게 네가 보는 밤의 광경이구나
노을에 먹혀들어 가는 건물과
별 대신 빛을 내는 가로등 말이야

네가 은하수가 쏟아지는 밤하늘을
그리 좋아하지 않아서 다행이야
그랬다면 조금 서글펐을지도 몰라
이제 나는 너를 위로해줄 수 없는걸

네 눈에 닿는 풍경이 아름다워서 다행이야
이제 너는 나를 봐주지 않겠지
더 소중한 걸 찾았으니 말이야

다행이야.

경북외국어고등학교 1학년

검은 바다

최 은 서

참 이상하게도
자유를 원하는 사람들이
탁 트인 바다를 찾아가지만
바다에 다다르면
더 이상 앞으로 나아갈 수 없다

보이지 않는 노을과
들리지 않는 파도가 물들이는
어두운 바다를 바라보며
자유로움을 느끼려 하지만
오히려 심연에 깊이 가라앉는다

붉은 노을과 푸른 파도에 매달리느라
아무것도 할 수 없게 되는 이곳은
검은 바다

푸르름 속에
침울함과 암담함이 드리워진 이곳을
나는 검은 바다라고 부른다

너무 푸르러 검게 변해버린 바다 앞에는
그 속에 침식된 사라진 의지와
어두워져 가는 따스한 빛과
물결에 따라 방황하는 내가 있었다

바람에 밀려온 파도가 스친 내 발이
거멓게 물든다
심장마저 까맣게 차오르면
더 이상 앞으로 나아갈 수 없다

포항제철고등학교 1학년

한 걸음

이 효 현

운동 중 마지막 세트의 한 걸음
아무리 해도 끝이 보이지 않을 때 한 걸음
다툰 후에 사과하러 다가가는 한 걸음
다른 이에게 내 곁을 내주는 허락의 한 걸음

나를 객관화하기 위한 뒤로 한 걸음
다투지 않으려는 뒤로 배려의 한 걸음
선을 지키기 위한 뒤로 예의의 한 걸음
아이를 기다려주며 뒤로 인내의 한 걸음

세상 모든 한 걸음이
너를 성장시키고 있음을
한 번의 작은 발걸음은
걸을수록 용기가 생겨나
음지에 있는 너에게도 작은 영웅이 될 테니

한 번만 더, 한 번만 더

비아고등학교 2학년

아쿠아리움

임 서 윤

봄볕이 창문을 건너 걸어들어올 때
가만히 앉아있었다. 금이 가지 않도록

끝도 없이 물방울이 올라오는
거대한 수조처럼

아이들의 재잘거림이 속눈썹 사이로 밀려온다
교실에 천 마리 금붕어를 풀어놓은 것 같다

누군가의 얼굴은 비슷해서 구별하기 힘든 물고기 같고
누군가의 웃음이 공중에서 터지며 눈가에 스며든다

나는 헤엄치기보다 창가에 흘러드는 빛과 함께
녹아서
모퉁이에 달라붙어 풍경이 되어 간다

나에게는
그럴싸한 얼굴이 없다
한없이 투명해지며

입술에서 겨우 새어 나오는 단어가 기포로 남고
내 두 눈에는 물살이 들어차 있어서
지나가는 아이들의 표정을 읽는 게 힘들다

색깔별로 모여서 헤엄치는 금붕어 같은 애들
오후의 빛을 나누어 입고
같은 호흡으로 뭉쳐 다니는 걸 본다
한참 앉아서 바라보기만 한다

책상에 고개를 묻고 웅크려 있으면
어디에선가 보글거리는 소리가 난다

내어놓기에는 준비가 필요해
섣불리 움직일 수 없는
수조의 속내처럼

부산동여자고등학교 3학년

제3회
시마청소년작품상 공모

문학매거진 『SIMA』에서는

청소년들의 문학에 대한 관심을 고취하고자

시마청소년작품상을

수여하고 있습니다.

문학매거진 『SIMA』

봄, 여름, 가을호에 선정된

청소년 작품을 대상으로

다시 최종 심사를 거쳐 선정합니다.

최우수상 : 기념패, 상장, 상금(50만 원)

우수상 : 기념패, 상장, 상금(20만 원)

장려상 : 상장, 상금(문화상품권 2만 원)

이번 봄호에 선정이 안 된 청소년은

여름호와 가을호에 다시 한번 도전하세요.

원고 마감 :
여름호, 4월 26일까지
가을호, 7월 26일까지

문학매거진 『SIMA』
접수 안내

자라나는 어린 문학인에게 많은 관심과

응원 부탁드립니다~~^^

하루 구름

김 수 민

구름이
날에 딱 맞게
옷을 입었어요.

솜사탕처럼
동글동글하게
포도가 맺혀있는
푸른 옷을 입은 구름

눈물을 흘릴 때처럼
슬프게 비가 오는 날엔
정장을 입고 장례식을
치르는 구름

마치 잠잘 때 입는
노을 같은 파랑색
잠옷을 입은 구름

아기가 새벽에 고요히
자는 듯한 어두운 밤에
검은색 이불을 덮어주는
구름까지

구름은 하루를 재미있게
보낸 것 같아요.

인천도담초등학교 4학년

그 소문 들었어?

복 하 은

동물들에게
어째서 이 나라는 이렇게 되어 버린 것일까?
안녕
어리석은 동물들아
나는 3-1반 하은이야
너희 나라가 왜 이렇게 됐는지 알려줄게
금색 사자의 잘못만 있는 게 아니야
잘 생각해 보면 사자는 거짓말을 했고
동물들은 거짓을 확인하지 않고
소문을 퍼뜨렸기 때문이야
그 소문이 커지면서 소문을 믿게 되니까
동물들이 금색 사자를 뽑고 왕이 돼서
나라가 이렇게 된 거야
앞으로 확인하고 소문을 퍼뜨리도록 해
그럼 안녕

인천 단봉초등학교 3학년

나뭇잎

서 준 수

3계절 동안
나무 호텔에 있던
나뭇잎 손님들
봄 여름 가을 동안 있다가
겨울 되니 나가는 손님들

계속 돌아다니다가
봄에 다시 찾아온
나뭇잎 손님들

대화초등학교 5학년

우리 반 선생님은요

유 나 현

때로는
구섭고
때로는
웃기고

"오늘 체육하자"
하다가
"그냥 하지 말자"
하며
우리 마음
쥐락펴락

쌤,
우리 마음
가지고
장난치지
갈아요!

인천가현초등학교 4학년

변한 거 없는 2023년

이 준 서

옥수수빵엔 옥수수 없네
감자깡엔 감자 없네
보석바엔 보석 없네
캔디바엔 캔디 없네

2023년도 변한 거 없네

인천가현초등학교 5학년

물들었다

장 효 린

물들었다
봄에는 예쁜 꽃으로 물들었다

여름에는
시원한 바다로 물들었다

가을에는
알록달록한 단풍으로 물들었다

겨울에는
차가운 눈으로 물들었다

우리 가족은
사랑으로 물들었다.

북창초등학교 5학년

평창에서 메밀하다

김남권

강원도 평창은 2018년 동계올림픽을 개최하기 이전에는 소설가 이효석의 고향으로 단편소설 '메밀꽃 필 무렵'의 주 무대로 알려져 해마다 9월이 오면 메밀꽃을 보려는 사람들의 입소문으로 알려지던 산골이었다. 그러나 동계올림픽 유치가 확정되자 국제적으로 이름을 알리는 도시가 되었다. 군청 소재지인 남부지역은 평창읍과 대화면 방림면 미탄면으로 구성되어 있고, 북부지역은 영동고속도로와 고속철도가 지나가는 진부면 봉평면 용평면 대관령으로 나누어져 있다. 평창엔 읍, 면 단위별로 5일장이 서는데 평창읍 5일·10일장, 대화면 4일·9일장, 봉

평면 2일·7일장, 진부면 3일·8일장이 열리고 평창읍엔 상설 재래시장이 1955년 개설되어 운영되어 오다가 동계 올림픽을 계기로 2012년 '올림픽시장'으로 이름을 바꾸어 운영 중이다.

평창 올림픽시장은 강원도에서 가장 먼저 메밀부치기를 만든 전통시장이다. 지금도 전통 방식으로 메밀을 갈아서 음식을 내놓는 것이 인근 시군의 메밀부치기와 다른 점이다. 무쇠 솥뚜껑을 뒤집어 놓은 팬에 종잇장처럼 얇게 반죽을 펼치고 미리 밑간을 해둔 배추를 올린 후, 반죽을 살짝 추가해서

펼친 뒤, 뒤집는 단순한 과정이지만 수십 년씩 한 자리에서 비가 오나 눈이 오나 일
년 내내 부치기를 부쳐 온 할머니들의 숙련된 손길에서 그 맛이 살아 나온다.
　메밀부치기와 함께 인기가 있는 메밀전병은 특히 술안주로도 각광을 받고 있다.
얼핏 보면 제주 지역의 빙떡처럼 비슷해 보이지만 전병 속에 들어가는 재료가 집집
마다 조금씩 차별을 두어서 각기 다른 맛을 내고 있다. 김치를 썰어서 넣기도 하고
두부가 들어가거나 당면이 들어가기도 하고 매콤한 것이 특징이다.

　　평창의 대표적인 3대 메밀 음식이라고 하면 막국수, 메밀부치기, 메밀전
병을 꼽을 수 있지만 이곳에 살고 있는 사람들은 콧등치기 국수를 칼국수 대
신 즐겨 찾기도 한다. 콧등치기 국수는 면발을 후루룩 흡입하다 보면 면 끝
이 콧등을 친다고 해서 붙여진 재미있는 일화에서 지어졌다고 한다. 시장 안
에는 '메밀나라', '경원이네', '메밀이야기', '남촌부침', '평창메밀 부치기', 등 여
러 집이 연중무휴로 문을 열고 있지만 문을 닫는 시간은 그날의 재료가 소진
되면 장담할 수가 없다. 집집마다 메밀부치기나 메밀전병 이외에도 추가로
메밀 묵사발, 감자전을 부치기도 하고 수수부꾸미, 감자떡, 올챙이국수를 팔
기도 한다. 메밀은 척박 땅에서도 씨만 뿌리면 잘 자라나 씨 뿌리고 한 달이
지나면 꽃이 피기 시작하고 두 달이 되면 수확을 할 수 있는 한 철 작물로 밭
농사를 하는 농부들에게는 이모작의 틈새를 활용할 수 있는 잇점이 있다.

평창 재래시장에 가면 하루 종일 앉은뱅이 의자에
쭈그리고 앉아
부치기를 굽는 할머니들이 있다
집집마다 수십 년씩 같은 자리를 지키고 있는
할머니들은 늘 같은 자리에서 메밀전을 부치고
전병을 말고 수수부꾸미를 지진다
둥그런 솥뚜껑을 엎어놓고
굽은 허리를 녹여가며 둥글게 둥글게
반죽을 펴는 동안,
메밀은 봉평 산자락의 비탈밭을 내려와
속이 허전한 사람들의 너른 초원이 되었다
메밀나라, 경원이네, 메밀이야기, 남촌부침, 평창메밀
부치기,

집집마다 수십 년 단골들의 지지를 받아
서울로 원주로 대구로 강릉으로
아침마다 메밀을 부치고 있다
메밀이 지나간 길은 순하다
흐뭇한 달빛에 숨이 막힐 지경이다
구월의 소금꽃을 그러안고 솥뚜껑 위에서
고랭지 배춧잎을 붙잡고 누워 있는
저 메밀의 심장에 한 세기를 건너온
평창 할머니들의 눅진한 자서전이 익어가고 있다

－김남권 「메밀하다」 전문

  평창 시장에서 메밀부치기와 메밀전병을 먹고 시골 할
머니들이 들고 나온 푸성귀와 고춧가루, 강낭콩, 서리태,
땅콩, 배추, 알타리무 등 직접 농사 지은 먹거리들을 구
입하고 나오면 주변의 명소를 둘러볼 수 있다. 최근에 개
장한 광천선굴을 비롯해서 동강이 흘러 나가는 문희마
을 뒷산에 자리한 백룡동굴과 청옥산 육백마지기, 장암
산 패러글라이딩 활공장을 보고 삼십 분 거리의 영월 청
령포나 장릉, 정선 아리랑시장으로 향할 수도 있다.
  봉평면의 이효석문학관과 무이예술관, 진부면의 오대
산 월정사와 선재길, 대관령면의 용평스키장, 양떼목장
도 한 시간 이내의 거리에 위치하고 있어서 힐링 여행의
명소로 꼽히고 있다.

김남권

1994년 동인지 『하얀 목련을 위한 기다림』으
로 활동 시작. 2015년 월간 〈시문학〉 등단, 현
재 한국시문학문인회 회장, 계간 P.S 발행인
시집 『천 년의 바람』 외 다수
동시집 『선생님 복수타임』 외 다수

아직 살아있으니

송영신

어제와 오늘 아침엔 먼 곳에서 몰상식하게 몰려온 미세먼지로 하늘이 비 오는 날처럼 잔뜩 흐렸다. 그래서일까? 새는 낮은 울음소리로 또 다른 새를 부르며 제 울음소리가 울리는 높이보다 낮게 날개를 폈다.

돌아보니 살아온 날들이 미세먼지가 가득 덮인 저 하늘처럼 뿌옇기만 한데, 상식이 지나치면 몰상식이 되어 버리는 것처럼 사랑이 지나쳐 그리움은 서러운 것으로 고이고 외로움이 지나쳐서 미운 것은 미움 덩어리로만 맺혔다.

그 위에 별것도 아닌 것처럼 보이는 작은 잘못들마저 더불어 쌓여 눈 위의 찍힌 발자국처럼 선명하게 보인다. 이젠 가지런히 마음을 접어 덮어놓을 때도 되었건만 사랑을 놓아버리기에는 아직 더 시간이 필요하고 미움을 놓아버리기에도 아직은 더 많은 이해가 필요한 것일까.

시간은 언제나 새로운 문을 열며 앞으로만 달려간다. 도대체 후진이라는 것을 모르는 것이다. 되돌아가는 것을 모를 뿐 아니라 지연하거나 멈추지도 않고 앞으로만 달려간다.

"움직이는 물체는 정지한 물체보다 시간이 느리게 간다."는 아인슈타인의 특수 상대성 이론에서 등속운동에 의한 시간 지연 현상은 사람의 삶과 사랑에서는 맞지 않는 것일까?

흑시 내 생에 있어서 내 모든 삶과 내 소망과 사랑이 하나로 함께 걸어오지 못하고 나란히 거리를 두고 평행선으로 질주하는 시간에 그저 어쩌다 동승하게 된 나그네로 여기 지금까지 흘러왔는지도 모를 일이다.

사람의 생은 허기를 채우는 행위로만 만들어지는 것은 아니라는 믿음으로 소망과 사랑의 삶을

죽을 만큼 열심히 살아왔어도 죽을 만큼 사랑하며 살아왔대도 시간은 느리게 가지도 잠시라도 멈추어주지도 않았다. 돌이켜보면 사람의 생生은 빠르기만 했다. 너무 짧고 빨라서 외로워도 사랑하고 괴로워도 사랑해온 사람의 사랑이 휙휙 지나쳐 버려서 오히려 헛되고, 몽글몽글 피어올랐던 숱한 소망도 헛되고, 한 무더기씩 끌어안고 앓아왔던 고뇌도 헛되어져 버렸다.

아아, 내 꿈은 소박하지 않았는데 펼치지 못한 꿈은 부끄럽고 내 사랑은 적막하고 내 삶은 초라하다. 내 생에 이때까지 깃들어진 것들이 운명이라고 하는 것이라면 이 세상의 삶을 이겨내지 못한 사람은 아무튼 초라해 천박하게 보이지만 이제 와 다시 소급할 수 없는 세월에 목이 잠긴다.

굳게 지키고자 다독이고 간추리며 살아왔지만, 일회一回의 생몃이 한정되고 짧아서 소망도 사랑도 그를 이루는 내 모든 삶도 제대로 이루지 못했던 것 같다. 지나고 나니 삶의 모든 시간이 고작 몇 분간의 회상에 지나지 않는다.

그러나 아직 살아있으니... 살아온 대로 앞으로 나아가는 것 외에는 어쩔 도리가 없다. 많은 세월을 잃어버리고 나서 이제 겨우 꼬투리쯤 남은 생을 다시 시작해 본다는 것이 무모할지라도 닿아보지 않고는 알 수 없는 생의 시간이 아직 조금 남아있으니 이제까지 달려온 세월의 기울기와 새로운 세월의 이어짐이 화합하며 함께 걸어가 주기를 바라볼 수밖에. 시간 앞에서 모든 것이 무의미하고 아무리 흐려도 언젠가는 하늘을 날아다니는 저 새가 제 울음소리보다 더 높이 날개를 펴내는 것을 볼 수 있을지도 모를 일이니.

이제부터는 그 누구라도 따스하게 보아주는 시선 하나가 있다면 그것만으로도 마음 가득 다시 사랑하고, 다시 미워하게 되더라도 넘쳐서 고이고 맺히는 것이 남겨지지는 않게 다시 살아보는 외에는 다른 도리가 없다.

세월이 기울고 나도 기울어
생의 계절은 깊은데 시간은 속절없어
그리운 모든 것은 덧문으로 닫혀있고

나와 나의 해후로도 내가 없는 듯
지나온 모든 날이 다 잠시 잠깐인 듯
세월이여 스친 세월이여
어떻게... 어떻게...
무언가 지나치게 살아온 것만 같아

이제 와 어느 벼랑에 서서 망설이고 있는지
살아있으니 저문 마당귀를 쓸면서 다시 살아내야지

쓰다듬어주고 싶은 건 나 자신이어서
내 운명이 가장 알맞은 내 삶이었다고
저무는 노을에 잔잔한 솔바람 소리 휘어 감기고

괜찮다 괜찮다 꽃 피는 날 꽃 지는 날
사는데 무슨 말 어떤 사유가 더 필요할까

지나버린 것들은 묵인하면서
그저 모두 이 세상일 따름
흐려진 삶을 씻어 가는 게 살아있는 거라 하고

몇십 년 세월을 헤맨 뒤일지라도
풀잎 위를 구르는 한 방울 이슬에 반짝이는 햇살처럼

송영신

수필가, 〈시산작가〉 회원.
수필집 『늘 그리워하고 살아』 『하얀 꽃이 하얘서』

詩담시담

권지영

보이지 않는 시간과 손잡은 길, 동시의 길

"눈을 뜨면
수십, 수백만 평
눈을 감으면
지평 끝 수평 끝 하늘 끝까지 가닿은
아득한 둘레."

– 「주남저수지」 중, 박소명

시인의 언어는 끝이 없습니다. 눈을 떠도 눈을 감아도, 아득한 둘레를 담고 있습니다. 시인은 끝없는 곳까지 이르러 시로 끌어오는 힘이 있고 마침내 풀어놓습니다. 그 안에는 세상 속의 가녀린 것들이 살아있고 온전히 시로 스미는 것들에서 아득해지곤 합니다.

그런 이유에서일까요. 지금 내 앞에 펼쳐진 풍경을 외면하고선 글을 시작할 수 없습니다. 창밖엔 노랗게 익어가는 세상이 펼쳐져 있습니다. 아득한 시간을 담아내고 있지요. 무엇도 거스를 수 없는 시간을 말이에요. 우리는 그 안에서 살아가고 있으니 쉬 눈을 떼기도 쉽지 않고 함부로 말할 수도 없어요. 눈에 보이지도 않는 '시간', 그 둘레 안에서 숨을 쉬고 있습니다.

'시간'이라는 건 참 위대합니다. 모든 것들을 끌고 가니까요. 우리를 어디로 이끌어주는지 아무도 알지 못해요. 선명하게 보여주지 않아요. 흐릿하게조차 알 수

없는 거죠. 아무도 알 수 없어요. 어떤 일이 벌어질지는 살아보지 않고선 아무도 모르니까요.

박소명 시인은 아홉 살 때, 담임선생님께서 숙제로 내주는 시 쓰기 때문에 어릴 때부터 많은 시를 쓰게 되었다고 해요. 그때 시인의 같은 반이었던 친구들 중에서는 시인이 되거나 지금 현재 글을 쓰고 있는 사람은 없을까 궁금해집니다. 어릴 적 숙제로 쓰던 시 쓰기에 재미가 붙어 지금 시를 쓰는 길을 걷고 계시다니 참 대단한 일 같아요. 얼마나 많은 시간을 시 쓰기 위해 골몰하였을지 가늠할 수 없는 일이니까요. 일찍이 '시인'이란 별명을 얻게 된 일이 시인에게는 당연한 일 같아 여겨집니다.

어린 시절에도 외롭고 쓸쓸함을 달래주는 게 동시였듯이, 어른인 지금도 마찬가지로 시인에게 다정하게 항상 손을 잡는 건 동시입니다. 시인은 이야기를 좋아해 동화도 쓰고 있어요. 제가 처음 박소명 시인을 안 건 어

느 해 한 출판사의 송년회 자리였어요. 아주 잠깐 인사를 했고 시간이 지나 동시집, 『뽀뽀보다 센 것』을 읽었습니다. 다른 책들과 달리 아주 재미있게 읽은 동시집이었기에 깊이 각인되어 있었고 만나는 아이들에게도, 어른들에게도 동시집 이야기를 했어요. 저처럼 다들 재밌게 읽기를 바라며 동시와 더 친해지고 박소명 시인의 동심을 함께 나누고 싶었으니까요. 그 동시집은 좋은 동시, 우수 동시로 추천을 받아 수상을 하게 되었지요. 정말 좋은 작품은 많은 사람이 좋아하나 봐요. 그리고 다시 다음 시집을 만나게 되었어요. 바로 『와글바글 식당』이라는 동시집이에요.

어떤 연유에서건 동시를 가까이 하는 사람은 반갑습니다. 동시를 읽는 사람이 많지 않은 현실에서 동시를 쓰며 살아가는 게 쉬운 일이 아니거든요. 그럼에도 우리는 왜 동시를 읽고 동시를 쓰고 있을까요.

구슬들

박소명

-우린 다리가 없어.

시치미 떼더니

책상 위에
쏟자마자
툭!
　툭!
　툭!　탁!
툭!　　톡톡!
　탁!
　툭!　　　툭!
탁

눈 깜짝할 사이에
장롱 밑으로
침대 아래로
달려가 버렸다.

온몸이 다리다.

시인은 모든 것을 잘 봅니다. 구슬이 굴러가는 모습을 달아난다고 표현하며 온몸에 다리를 달아줍니다. 있는 것에서부터 없는 것까지 잘 보며 있는 것을 다른 것으로도 잘 보는 사람이에요. 바로 재미있게 말이지요. 톡, 톡, 탁, 탁 잘 구르는 재미를 보여줍니다. 보이지 않았던 부분들을 동시로 보이게끔, 눈으로 우리가 새롭게 다시 보게끔 도와줘요. '아, 그렇구나!' 느낌표를 달아줍니다. 동시를 읽다 보면 재미있고 즐거운 시각을 선물로 주는 것 같아요. 그래서 동시를 읽으면 기분이 좋아지고 당연히 외롭지 않지요.

늘 일상생활에서 재미 요소를 찾는 사람이 동시를 쓰는 사람인 것 같아요. 박소명 시인은 그런 재주가 남다르다고 생각해요. 왜냐하면 잘 찾아서, 잘 전해주거든요. 구슬이 떼구르르 구르는 모습을 보고 누가 달아나는 다리를 볼 수 있을까요? 아마도 구슬이랑 말하며 들은 것처럼 말이죠. 구슬뿐만 아니라 존재하는 모든 것들에 누구보다 생명을 부여해줄 수 있는 사람이 바로 동시를 쓰는 사람 같아요. 어떤 것에 말을 걸고 끝까지 지켜봐줄 수 있는 사람, 동시로써 그 이야기를 담아내는 거죠. 재미있고 쓸쓸하지 않게, 쓰는 이의 마음을 고스란히 전해줄 수 있고 바로 느낄 수 있도록 생동감 있게 전해줘요. 내 앞에서 구슬이 구르고 있는 것처럼 말이에요.

얼음이 떠난 까닭

박소명

냇물 꽁꽁 묶어 놓고
절대 안 떠날 것 같던 얼음

-이제 떠날 때야.
봄바람이
사르르 달래고
봄 햇살도
토도독 얼렀겠지.

미적미적하는데

물 골목으로
기지개 켜며 나오는
물고기들 하도 예뻐서

-그래, 맘껏 뛰어놀아라.
얼음은 깨끗이 마음 접고
뒷걸음쳤을 거야.

얼음이 꽁꽁 묶어두었던 냇물을 놓아줍니다. 이제 곧 겨울이 닥치고 있음을 느끼는 요즘, 겨울이 오고 있는 게 아니라 봄이 다시 오고 있는 것이라고 생각해봅니다.

겨울이 봄에게 자리를 내어주듯, 근심이 떠나는 자리 동시가 있어 뒷걸음쳤던 시간들에서 헤어 나올 수 있었던 시간이 있었습니다. 동시를 쓸 땐 즐거워요. 재미있지요. 아마도 동시를 쓰는 분들은 다 비슷하지 않을까 생각해요. 쓰는 건 쉽지 않은 일이지만 쓰면 재미있거든요. 그래서 계속 쓰게 되는 것 같아요. 동시가 있어 행복하니까요. 즐거운 이야기를 쓰는데 어떻게 즐겁지 않을 수 있을까요, 그건 쉬운 일이 아니에요. 한번 발을 들이게 되면 못 빠져 나간답니다.

겨우내 얼어붙은 물가에서 꽁꽁 묶어 두었다고 여긴 시인은 봄 햇살을 불러옵니다. 녹아서 흐르는 물을 보면서 꽁꽁 얼어붙었던 물을 다시 떠올리고요. 시간을 거슬렀다 이내 다시 돌아오고, 있었던 일도 일어날 일도 마치 다 알고 있는 사람 같아요. 아마 많은 시간을 바라봐 왔기 때문이겠지요. 지켜보며 기지개도 켰을 것이고 예쁘다고 여기면서도 아무 생각이 나지 않을 때도 많았을 거예요. 그럴 때마다 그 시간 안에 깃들어 뒷걸음치지 않고 머물렀을 거예요. 동시를 읽다 보면 그 시선이 느껴지거든요. 시인은 동시를 떠나지 않을 거라는 것도요.

　　언젠가 박소명 시인을 만난다면 같이 걷고 싶어요. 길을 걸으면 자꾸만 속도가 늦춰지는 저처럼 시인도 그러한지, 저처럼 꽃이나 풀을 좋아해서 풀이름도 그렇게 많이 알고 계시겠지요. 동시 안에 꽤 많은 풀이름들이 나와요. 안다는 건 관심이 많다는 것이니까요. 길가에 보이는 것들뿐만 아니라 재밌는 이야기를 다양하게 나눌 수 있을지 몰라요. 왠지 저처럼 오만가지를 보며 감탄하고 자세히 들여다보며 신기해하고 아주 느리게 걸음을 옮길 것 같아요. 그럴 것 같아서 꼭 함께 산책을 하고 싶답니다.

　　이번에 소개한 박소명 시인의 동시들은 모두 시인의 여섯 번째 동시집 『와글바글 식당』에서 가져왔습니다. 동시를 쓰는 시인의 마음이 한결같이 맑고 푸릇하고 즐거워 보입니다. 외로움과 삶의 쓸쓸함이 동시를 쓰는 시인의 뒤로 달아나며 시인의 손을 잡고 항상 토닥여 줄 거라 믿어집니다. 언제나 작고 낮은 곳들에서 이야기를 끌어다 와글와글, 바글바글 들려줄 것만 같아요. 먼 길에 나선 누군가에게도, 홀로 선 누군가에도, 외롭지 말라고 함께 가자고 말을 건네주는 것만 같아요. 우리 함께 즐겁게 하나 되어 흘러가자고 말이지요. 동시와 손잡고 함께요.

먼 길 가려고

박소명

빗방울들
툭
　　툭
　툭

혼자서도
걱정 없다는 듯
제멋대로 내려오더니

졸졸 손을 잡고
줄줄 어깨를 겯고
출출출출 힘을 합한다.

먼 길
즐겁게 가려고
하나 되어 흘러간다.

권지영

2015년 〈리토피아〉로 등단
시집 『붉은 재즈가 퍼지는 시간』 『누군가 두고 간 슬픔』 『아름다워서 슬픈 말들』 청소년시집 『너에게 하고픈 말』 동시집 『재주 많은 내 친구』 『방귀차가 달려간다』 『달보드레한 맛이 입 안 가득』 외 그림책, 동화책, 그림에세이 등

제2회 〈시마청소년작품상〉 스케치

2023년 11월 18일(토) 오후 2시, 예술가의 집

2023년 11월 18일(토) 오후 2시, 대학로에 있는 예술가의 집에서 제2회 〈시마청소년작품상〉 시상식이 열렸다. 많은 청소년과 학부모가 참석한 가운데 유수진 편집장의 사회로 시상식 1부가 시작되자 참석자들은 박수로 환영했다.

시상식 1부 사회를 보는 유수진 편집장

유수진 편집장은 오프닝에서 도서출판 도훈이 계간 〈시마〉를 창간하던 6년 전 첫 회의를 떠올리며 그동안의 감회를 밝혔다. 첫 창간 준비 회의에서 이도훈 대표는 청소년 시절에 겪은 일화를 고백하며 자신의 포부를 밝혔다. 평소 글쓰기를 좋아했던 어린 시절의 이도훈 대표는 우연한 기회에 〈십대들의 쪽지〉라는 잡지에 글을 발표한 이후 작가로서의 꿈을 키우게 되었다. 그런데 요즘 현실을 돌아보면 다양한 종류의 책이 더 많이 발간되고 있는데도 불구하고 청소년이 글을 발표할 수 있는 문학잡지는 많지 않은 실정이다. 이런 점을 안타까워한 이도훈 대표는 문학매거진 〈시마〉에는 청소년이 작품을 발표할 수 있는 지면을 따로 정해두고 청소년의 좋은 작품을 발굴해보자고 제안했다. 유수진 편집장은 이도훈 대표의 이러한 취지에 공감해서 문학매거

진 〈시마〉 창간에 함께했다. 그런 이유로 〈시마〉는 창간호부터 지금까지 '시마청소년시' '시마동시' 코너를 두고 있다. 여기에 문학매거진 〈시마〉가 추구하는 문학적 세계관이 있다고 해도 과언이 아니다.

제2회 시마청소년작품상은 2023년 시마 봄호, 여름호, 가을호에 실린 33편의 청소년 시 작품을 대상으로 했다. 이 작품들은 이미 도서출판 도훈이 초빙한 전문가에 의해 1차 선정 과정을 거쳤으니 33편 모두 작품성을 인정받았다고 할 수 있다. 그럼에도 불구하고 다시 본심을 거쳐 최우수상(1명)과 우수상(3명), 장려상(8명)을 시상하였다. 어린 시인들이 이를 계기로 문학에 더 가까워지기를 바란다.

환영사를 하는 이도훈 대표

첫 순서로 이도훈 대표가 앞으로 나와서 환영사를 했다. 이도훈 대표는 도서출판 도훈의 대표이자 문학매거진 〈시마〉의 발행인이면서 문학콘텐츠 기획 파란하늘의 대표이다. 이도훈 대표는 청소년 여러분이 좋은 작품을 보내줘서 심사위원 선생님에게 칭찬을 많이 받았다며 작품을 보내온 청소년에게 감사의 뜻을 전했다.

이도훈 대표는 시마청소년작품상은 문학매거진 〈시마〉의 2023년 봄호, 여름호, 가을호에 수록된 작품 중에서 다시 심사과정을 거쳐 선발했다며 최우수상을 받는 사람도 있고 장려상을 받는 사람도 있지만 상의 크기는 별로 중요하지 않은 것 같다고 말했다. 이도훈 대표는 〈시마〉를 통해 우리가 한 공간에서 만나는 데 큰 의미가 있다고 소회를 밝혔다. 또한 작품상을 수상하는 청소년을 축하하기 위해 귀한 시간을 내주신 문인 선생님들에게 감사의 인사를 전했다.

축사를 하는 신달자 시인

다음 순서로는 정대구 시인의 축사가 있었다. 연단에 오른 정대구 시인은 시마청소년작품상을 수상하는 청소년에게 축하의 말을 전했다. 청소년을 바라보며 어린 시절 일화를 들려주는 정대구 시인의 표정이 마치 아이 같아서 참석자들 모두가 즐거운 마음으로 노시인의 이야기에 귀를 기울였다. 정대구 시인은 여러분 중에 노벨문학상 수상자가 나오길 바란다며 어린 후배 문인들을 진심으로 격려했다.

에게 들려주었다. 신달자 시인의 아버지는 어린 신달자 시인에게 '다른 사람이 너를 약속을 지키는 사람으로 기억했으면 좋겠다'는 말씀을 자주 하셨고 자신은 그런 아버지의 말씀을 평생 따르며 살고자 노력했다고 했다. 그 말은 마치 신달자 시인의 인생 고백처럼 들려서 시상식 참석자들의 마음을 진하게 울렸다. 신달자 시인은 청소년 여러분도 약속을 지키는 삶을 살았으면 좋겠다고 당부하면서 축사를 마쳤다.

축사를 하는 정대구 시인

축하 강연을 하는 정끝별 교수

그다음 축사는 신달자 시인이 해주었다. 신달자 시인은 택시를 타고 시상식장으로 오는데 터널이 꽉 막히는 바람에 당황했다는 이야기로 축사를 시작했다. 신달자 시인은 시상식장에 제시간에 도착하지 못하면 어쩌나 걱정했다며 어린 시절 아버지에게 들은 말을 청소년들

다음 순서로는 시인으로 왕성한 작품 활동을 하고 있으며 이화여자대학교 국어국문학과 교수로 재직하고 있는 정끝별 교수가 축하 강연을 했다. 정끝별 교수는 "시, 모어의 최대치 갱신을 위한 모색들"이라는 제목으로 강연했다. 정끝별 교수는 한 단어의 말일수록 그 의

미가 넓고 깊다는 말로 강연을 시작하여 언어의 힘에 대해서 피력했다. 정끝별 교수는 모어에 대한 공감각적 지각을 향한 열망을 드러내며 작품으로 그 열망을 드러내는 방식에 대해서 자기 경험을 전했다. 정끝별 교수는 창작의 예시를 보여주며 강연을 했는데 이는 시상식에 참석한 이들에게 좋은 참고가 되었으리라 믿는다. 모국어, 한국어에 대한 정끝별 교수의 깊은 고민의 흔적을 엿볼 수 있는 멋진 강연이었다.

2부 사회를 하는 서미영 편집디자이너

정끝별 교수의 축하 강연이 끝나고 바로 2부 순서로 들어갔다. 2부는 도서출판 도훈의 서미영 편집 다자이너의 사회로 이어졌다.

심사평을 하는 최동호 고려대 명예교수

2부의 첫 순서로 최동호 심사위원장의 심사평이 있었다. 최동호 심사위원장은 최우수상을 수상한 박하은

의 「마음이 컸던 소년」이 매우 안정감 있는 구도를 가졌다며 칭찬을 아끼지 않았다. 제2회 시마청소년작품상 최우수상 수상작은 삶에 대한 깊은 성찰이 있는 큰 작품이라며 박하은의 대성이 기대된다고도 말했다.

다음 순서로 박해람 시인의 격려사가 있었다. 박해람 시인은 시상식에 참여한 청소년에게 따뜻한 축하의 말을 전했다. 박해람 시인은 장려상 수상자의 시상에 참여했는데 시상식대에 오른 수상자를 바라보는 박해람 시인의 눈이 너무 따듯해서 시상식장 전체가 따뜻해지는 듯했다. 선배 문인이 후배 문인을 바라보는 눈이 저렇게 따스하다니, 참 기분이 좋아졌다.

격려사를 하는 박해람 시인

마지막으로 정석왕 한국장애인 복지시설협회장의 격려사가 있었다. 정석왕 회장은 이런 멋진 문학 행사에 함께해서 기쁘다며 청소년 문학인들에게 격려를 아끼지 않았다. 격려사 중에 정석왕 회장은 지갑에서 5만 원

격려사를 하는 정석왕 한국장애인복지시설협회장

지폐를 꺼냈다. 다들 5만 원짜리 지폐의 등장에 의아해 하고 있는데 정석왕 회장이 돈을 구겼다 다시 펴 보였 다. 그러고 학생들에게 이 돈을 갖고 싶은지 물었다. 대 부분 학생은 "예"라고 답했다. 정석왕 회장은 청소년 참 석자들에게 일일이 눈을 맞추며 가치가 있는 것은 잠시 구겨졌다고 해서 가치가 없어지지 않는다고 말했다. 청 중의 탄성이 터져 나왔고 시상식장에는 잔잔한 감동이 흘렀다. 이어서 시상식에 참석한 청소년을 대상으로 가 위바위보 게임 대회를 열어 우승자를 가렸고 최종 우승 자가 5만 원 지폐를 받았다. 즐겁고도 의미 있는 기억으 로 오래 남을 좋은 시간이었다. 또 이날 정석왕 회장은 시마 발행에 도움을 주고자 후원금을 전달해 주었다.

후원금을 전달하는 정석왕 한국장애인복지시설협회장

다음 순서로 그날 행사의 하이라이트인 시마청소년 작품상 시상이 이어졌다.

장려상 _「소풍」 정지원 신목고등학교 3학년

장려상 _「일기예보」 정서연 통영 산양중학교 3학년

장려상 _「구름과 나」 정진우 동원중학교 1학년

장려상 _「레드카펫」 지태윤 경인부설초등학교 5학년

우수상 _「인공바다」권준하 가재울고등학교 2학년

우수상 _「흑백논리」성수련 동래여자중학교 3학년 (대리 수상)

장려상부터 최우수상까지 한 명씩 호명되었고 한 명씩 시상했다. 시상에는 최동호 심사위원장, 박수빈 심사위원, 정대구 시인, 정끝별 교수, 박해람 시인, 정석왕 회장 등이 참여해서 청소년 시인들을 응원했다. 장려상 수상자에서 최우수상 수상자까지 한 명씩 시상하는 세심함에서 문학매거진 〈시마〉의 선한 취지가 돋보였다.

끝으로 마이크를 다시 잡은 유수진 편집장은 문학매거진 〈시마〉는 앞으로도 좋은 청소년 작품을 발굴하고 청소년 문학인을 배출하겠다고 말하며 시마청소년 작품상 수상자들에게 진심 어린 축하를 전했다. 특히 본심 심사위원으로 참여해서 심사하는 과정에서 좋은 작품이 많아 참 뿌듯했다고 밝혔다. 최우수상을 수상한 박하은의 「마음이 너무 컸던 소년」의 작품성을 높이 샀고 우수상을 수상한 정명준의 「소년의 꿈」의 마지막 구절이 아름다워서 한참을 들여다봤다고도 했다. 유수진 편집장은 청소년 문학에 진심인 이도훈 대표를 응원하며 앞으로 더 많은 청소년 시인을 발굴하는 문학매거진 〈시마〉를 만들어가겠다고 했다.

수상자들과 내빈 선생님들

최우수상

마음이 너무 컸던 소년

박 하 은

마음이 너무 커서
마음을 접어야 했던 소년이 있었다
비가 오면 가장 먼저 젖는 마음
바람이 불면 가장 먼저 펄럭이는 마음
소년은 그 마음을 일단 접어놓곤
밤마다 몰래 펼쳐 보곤 했다
소년은 마음으로 비행기를 접어보고 싶었다
그러나 부모님은 먼저 30평짜리 집을 접어보라 했고
소년은 마음에 미래를 그려보고 싶었지만
선생님은 먼저 수학 공식을 베껴 오라 했다
그러다 소년의 마음은
집도 비행기도 아닌 것으로 구겨지고 말았다
한때 소년이었던 청년은
구겨진 마음으로 한 사람을 품었다
그런데 사람은
소년의 마음을 깨고 사랑으로 부화해
다른 둥지로 날아가 버렸다
그렇게
아무렇게나 널브러진 그의 마음 조각엔
눈물 자국만 남아 무늬가 되었다
소년이었고
또 청년이었던
그 노인은 이제 찢어진 마음 조각 하나마다 시 하나
씩을 적는다
마음대로 되지 않았던 것들에 대하여
마음의 틈새에 꼭 맞았던 작은 손가락들에 대하여

아직 펼쳐보지 못한 미래에 대하여
그리고
마음이 너무 커서
마음을 접어야만 했던 한 소년에 대하여

최우수상 _「마음이 너무 컸던 소년」 박하은

당신의 소중한 이야기
정성껏 책에 담아 드립니다

공감 시선

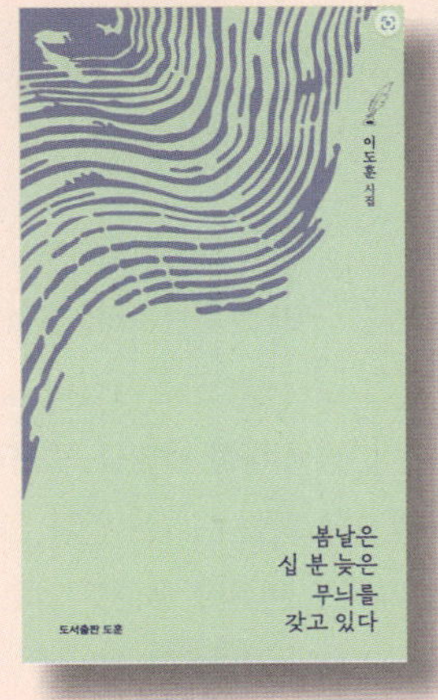

공감시선 05 _마이반펀(베트남) / 재처리 시대(번역 시집)
공감시선 06 _전건호 / 꽃점을 치다
공감시선 07 _이교상 / 꽃의 문장으로 당신을 중얼거리다
　　　　　　(2021 〈아르코문예창작기금〉 수혜)
공감시선 08 _김정자 / 시간이 아직도 익지 않은 까닭
공감시선 09 _정대구 / 그대로 멈칙 섯
공감시선 10 _최광모 / 디지털 장의사(2022 〈아르코문예창작기금〉 수혜)
공감시선 11 _이도훈 / 봄날은 십 분 늦은 무늬를 갖고 있다
　　　　　　(2022 〈아르코문예창작기금〉 수혜)
공감시선 12 _김영희 / 본문과 추신(강원문화재단 후원 수혜)
공감시선 13 _김영희 / 바람이 노래하는 곳(원주문화재단 문화예술지원금 수혜)
공감시선 14 _정대구 / 003이와 1004 사이 날개가 있다
공감시선 15 _이상구 / 윤달 화첩

서정의 서정

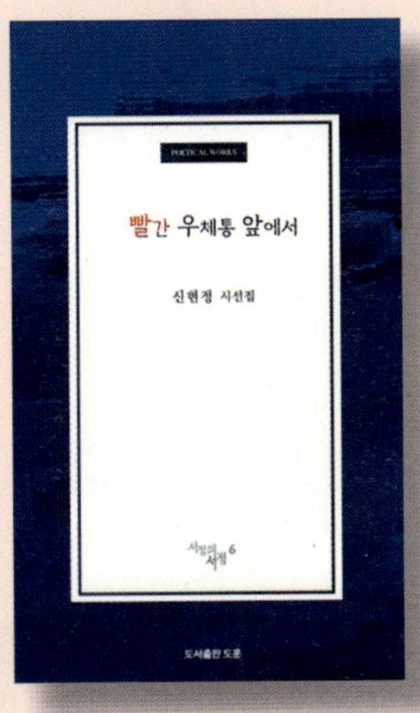

서정의서정 1 / 권달웅 _꿈꾸는 물
　　　　　　(2020 세종도서 선정, 녹색문학상, 목월문학상 수상)
서정의서정 2 / 윤석산 _절개지
서정의서정 3 / 조창환 _나비와 은하
서정의서정 4 / 한광구_나무길
서정의서정 5 / 기사철_고니는 삼 일만 예쁘다
서정의서정 6 / 신현정_빨간 우체통 앞에서

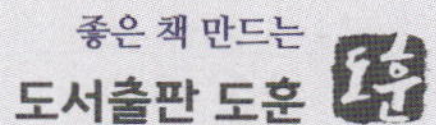

공감시인선(1~62)

공감디카시(1~6)

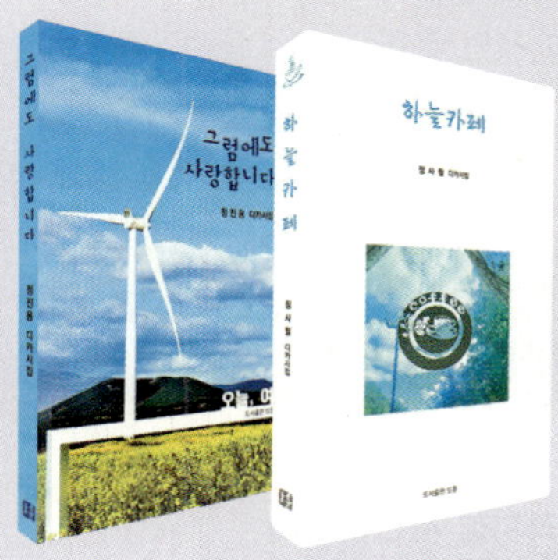

공감하는공간(에세이, 소설, 1~19)

한솔문학(반년간지, 1~9)

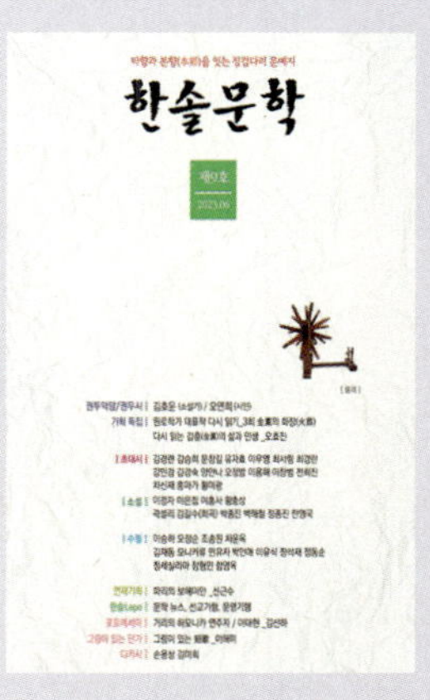

동화, 동시집 및 어린이해양안전동화(1~12)

세상에 보내는 러브레터 문학매거진 SIMA
제18호(2024 봄호) ⓒ 이도훈, 2024
1판1쇄 발행_ 2024년 3월 8일

발행인_ 이도훈 | 편집장_ 유수진 | 편집_ 려원 | 편집·디자인_이예은 | 교정_ 김미애
편집위원_ 이준관 박수빈 김이듬 양진기 이혜미 김영빈

펴낸곳_ 도서출판 도훈(376-2017-000061)
사무실_ 서울시 서초구 법원로3길 19 2층, W109호(서초동, 양지원빌딩)
전　화_ 02-595-4621, 010-6722-4621 | 팩스_ 050-4227-4621
이메일_ flyhun9@naver.com | 홈페이지_ www.dohun.kr

ISSN 2671-7905 | ISBN 979-11-92346-69-4 03810
정가_ 14,000원

※ 도서출판 도훈의 수익금은 계간지 발간과 청소년을 위한 문학사업에 사용하고 있습니다.